アンチ整理術

森博嗣

日本実業出版社

目次

森博嗣は天の邪鬼である

この頃、新書やエッセィの執筆依頼が非常に多い。もう半分以上引退した作家なので、おそらく出版社の人たちは、「小説は無理でも、ノンフィクションならば……」と期待されるのだろう。なんと、今年だけでも十冊も発行される。

一番多い依頼は、「仕事術」について書いてほしい、という希望である。森博嗣という作家は、速筆でばりばり本を出している。なのに、一日に一時間しか作家の仕事をしていない（実は四十五分である）。こういった情報から、よほど集中力があって、時間を有効に使いこなし、頭の中も整理されているのだろう。その仕事のノウハウを語ってもらいたい、というご依頼である。

ちなみに、ほとんどの依頼は、執筆時期が「今年中に」などと切迫しているためお受けできない。九割はお断りしている。また、印税などの条件が合わない場合も、ご辞退している。当方は、趣味で文章を書いているのではない。仕事として、書いているからだ。

「仕事術」という点では、本書も同じだったかもしれない。どのように自分の周辺のものを整理・整頓しているのか、頭の中で、どのように情報を整理・選択しているのか、ということを問われた。そこを書いてほしい、という依頼である。

同じようなテーマの依頼を、これまでに断ってきた。そういう方面に、自分はノウハウを持っていないからだ。ただ、幾度も求められるということは、需要がある、つまり皆さんが知りたいテーマなのだろう、と解釈できる。そこで、なんとか自分なりに考えながらでも、書いてみることにしようか、と今回お引き受けした次第である。

これまでにも、「仕事のやり甲斐について書いてほしい」と頼まれて、「仕事のやり甲斐など単なる幻想である」という本を書いたし、「仕事に活かせる集中力について書いてほしい」との依頼には、「集中力はいらない」というずばり真逆《まぎやく》の本を書いた。ほかにも例が幾つかある。

もうお気づきのことと思うけれど、森博嗣は天《あま》の邪鬼《じやく》なのだ。人が期待するようなことは考えてもいないし、実行もしていない。考えていないものは書けない。でも、何故逆に考えるのか、常識的なことを考えない理由は何か、という点については書ける。僕には、僕の道理があるからだ。

文章を書く職人として

僕に特徴的なことで、なかなか世間に理解してもらえないことがある。それは、世間に対してなにかを訴えたいと思ったことがないことだ。まして、人様の生き方に文句をつけるつもりなど毛頭なく、自分のやり方が正しいとか、君たちも同じようにしなさいなどとは、まったくこれっぽっちも考えていない人間である。

鍋《なべ》を作る職人は、鍋が好きだというわけではない。自分の鍋が世に出回ることに誇りを持っているかもしれないが、仕事をするモチベーションは、鍋を作ってほしい、と依頼されたからだし、それに応えて作ることで、自分が人様の役に立ったかな、と少し思える心地良さがあるためだろう。仕事とは、そういうものだ、と僕は考えている。

僕は、かつては研究をすることが仕事だった。この場合、人からなにも依頼されない。どこに需要があるのかを考えるところから、既に仕事の一部だった。それが二十代から四十代後半までのこと。それに加えて、奇福にも三十代後半から、作家になった。ちょっとしたバイトをするつもりで始めたら、あっという間にこちらの収入の方が多くなってしまった。

ものを書きたいから書いているのではない。仕事の依頼があるので、それに応えて書いている。僕は、単なる職人であって、文化人でもないし、芸術家でもない。

書けないものは当然ある。経験のない分野であったり、自分の考えと違う見解は書けない。「仕事術」というものを、僕は事実上持っていない。なんの拘《こだわ》りもなく、方針もなく、これまで仕事をしてきた。拘りがなかったから、研究者なのに、小説を書いたのだ。

向上心という基本的能力

「整理術」についても、非常に抵抗があった。依頼した人の気持ちはわかる。この種の「これさえすれば成功する」という本は、世間に溢れるほど沢山出回っているし、実際、そういったものを読みたい人たちが多いのは確実のようだ。

誰でも若い頃は、自分がまだ知らないことが沢山ある。自分は知らないから、なにか損をしているのではないか、という不安を持っているだろう。また、もう少し年齢が上がって、仕事にも慣れ、少し安定した時期にも、もう一段自分を高めたい、と考える。仕事が上手くいかないときは、修正しようとするし、また上手くいきそうだったら、弾《はず》みをつけ、参考になるものを探したい、といった要望を持つ人も多いようだ。

自分の仕事や生き方について、本を読んで参考にしよう、と思うだけで、その人は成功者のグループに入る条件を満たしているだろう。まず、日本人の半分くらいは、本など読まないし、活字を読んでも意味を頭に展開できない。だから、文字を読めるという基本的な能力に加えて、自分の人生を向上させたいという意欲を持っているだけで、なにごとにも積極的になれるはずだ。これが、成功を導く要素となる。意欲というよりも、能力といっても良い。

どんな情報も、それを役に立てようと思えば役に立つ。逆に、こんなものは自分とは関係がない世界だ、これを書いた人はただ自慢をしたいだけだ、というふうに受け取る人は、同じ情報を活かせない。得をするか損をするかは、その人次第なのである。

人と比較する人生か？

さらに、もう少しだけ、書きにくいことも書いておこう。世間というか人間というのは、努力をすれば必ず報われる、というものではない。努力をしても、上手くいかない場合が必ずある。また、努力をしないでも、そこそこの成功を収める人もいる。これは不公平ではないか、といえば、そのとおり、不公平だ。世の中も自然も、不公平にできている。だからこそ、「公平」というルールを作って、人間社会を改善しようとしているのである。

能力が低い場合には、その分時間をかけて人よりも余計に努力をしないと、同じ目的に到達できない。だが、これを「損」だと考えるかどうかは、人によって異なる。他者と比較をする競争のような場合は、時間が短い方が有利であるけれど、自分の好きなことに打ち込んでいる場合ならば、目的になかなか達しなければ、それだけ楽しい時間が増えるのだから有利である。

どう考えるのか、人と比較するために自分は生きているのか、それとも自分の楽しみのために生きているか、という違いだと思われる。

「整理」についても、おそらく同じことがいえる。仕事の効率のため、他者との競争に勝つための整理術は、僕は知らない。そういう「競争」に意味があると考えたことが一度もないし、意味のないことに時間を使うほど馬鹿げたことはない、という程度のコメントしかない。

整理などしない「整理術」

僕の仕事場は、かつての研究室も実験室も、今の書斎も工作室も、すべて例外なく、もの凄《すご》く散らかっている。あらゆるものがいっぱいで、整理も整頓もまるでできていない。こういう場所で、僕は研究をしてきたし、今は創作をしている。

したがって、僕にはその方面の「整理術」というものはない。はっきりいってしまうと、必要がなかったのだ。整理する時間があったら、研究や創作や工作を少しでも前進させたい、と思っていた。無駄なことに時間を使うなんて馬鹿げている。

すなわち、これが、僕の「整理術」である。

それを書いてしまうと、ここで本書の一番大切な結論はお終いといえる。

断捨離はもってのほか

世間では、「断捨離《だんしゃり》」がどうのこうのと話題になっていて、僕もときどき「どう思いますか?」と尋ねられる。たしかに、世間では「生活の知恵」なるものが登場する場合、その多くが、ものをどう収納するか、どう整理するか、どうやってものを捨てるのか、不要なものをどう活用するのか、といった話題になりがちである。

僕の断捨離に対する考えは一つだ。不要だと断言できるものは捨てれば良い。そうでないものは持っているしかない。これだけである。単純明快でしょう?

たとえば、僕は若い頃から、一度読んだ本や見たビデオは捨ててきた。二度と読まないし見ないからだ。一方で、それ以外の自分で買ったものは、ほとんど捨てない。将来役に立つ可能性がある。絶対に不要だと断言できないからである。そもそも、自分が稼いだ金と交換するのは、この「可能性」があったからだ。

工作室や書斎は、そういった可能性でいっぱいになる。ものに溢れて散らかっている様とは、僕にいわせれば「可能性の山」である。ガラクタもすべて「宝の山」だ。捨てるなんて考えは、これっぽっちも湧かない。

「終活」なんていらない

それから、最近よく話題に上るのは、「終活《しゅうかつ》」なるもの、つまり、死ぬときの準備のことだ。身の周りを整理しておこう、ということらしい。これも、僕にはまったく無駄に思える。そんなことをして楽しいか?と首を傾げてしまう。

人間、死んだらそれで終りである。霊界などない。天国も地獄もない。この世からいなくなって、はいお終いとなるだけだ。

僕は、両親が残した家を取り壊し、大量のゴミを処分した。その後始末に、三百万円ほど費用がかかった。だが、父も母もそれ以上の遺産を残してくれたし、借金もなかったので、まったく迷惑だとは思わなかった。葬式代も数百万円かかったが、これは両親ともに兄弟とつき合いがあったからで、その親戚筋だけを呼んで、質素に執り行った。墓は作っていない。僕は、両親の墓はいらないからだ。

僕が死んだときは、僕の持っているものを処分する権利は、僕の子供たちにあって、どうにでもしてもらえば良い。捨てるなり売るなり、できると思う。売った方が金がかからないだろう。捨てるにしても、それくらいの遺産は残すつもりだ。

自分自身は、どこかで野垂れ死にすればそれで良い。自分の墓はいらないし、葬式も不要だ。ただ、墓も葬式も、僕の権利ではなく、子供たちがしたければ、すれば良いと思う。そこまで親が干渉することはできない。これが、僕の終活のすべてである。簡単でしょう?

本書の結論

もう、この「まえがき」だけで、本書の内容がほとんど理解できたのではないか、と思う。結論をここに書いておこう。

断捨離するなら、持ちものなど、どうだって良い。そのまえに、自分の気持ちを断捨離しておこう。終活も同じだ。どちらも、まずは死ぬ覚悟をしておくことである。その次には、人間関係を断捨離しておくこと。そういう面倒なものを子孫に残さないようにしておく。借金があったり、人から援助してもらっていたり、といった関係を処理しておくこと。親戚関係で、子供たちになにかいってきそうな人がいたら、縁を切っておくこと。そういうものが、本当の断捨離である。もし断捨離をしたいなら、まずはそちらを、という意味だ。断捨離を奨励しているわけではないので、誤解しないように。

さて、そうはいっても、人それぞれ、生き方が違っているし、なかなか縁が切れない柵《しがらみ》もあるだろう。ばっさりとはいかない。

でも、なんとか理想となるべき方向性を思い浮かべ、そちらへ少しずつでも近づこう、という意思を毎日確認することは、大切だと思う。

いつか死ぬことはわかっているのだけれど、明日や明後日は、なんとか死なずに迎えることができそうだ。だったら、明日のために、今日は準備をしよう。そういう意味での「整理術」を、考えながら書いていこう。

二〇一九年一月　　　森　博嗣

HISTORIC
ROUTE
66

注意
ELECTRIC LOCOMOTIVE
GENERAL ELECTRIC CO

整理・整頓は何故必要か

第1章

散らかるのは自然の法則

整理・整頓は何故必要とされているのか、という問題から考えていこう。

整理・整頓は、誰でも「しないといけない」とよく口にする。その理由は簡単だ。現在が、散らかっている状況だからだろう。

では、何故散らかるのか。これは、その人間の性格が悪いわけではない。たとえば、犬や赤ん坊は、放っておくとなんでも散らかす。自分で片づけることはしない。散らかす一方だ。何故、散らかしてしまうのか、と彼らに尋ねてみたところで、理由は答えられないはずだ。しかし、想像はつく。ものを散らかすことが楽しいからだ。楽しいからやっている。

また、赤子や動物でなく、自然界を見回しても、放っておけば、どんどん散らかる、という傾向がある。これは物理学では、エントロピィが増大する、という大原則だ。それどころか、この「散らかる」状態のことを、「均質になる」といったりもする。

振り返ってみると、片づいている様とは、ものがランダムではない状態であり、同じ種類のものが同じところに集まっていたり、密集しているところと、なにもない空間が綺麗に分かれていたりして、つまり「不均質」な状態なのだ。

この不均質な状態とは、人間が作り出したものであり、すなわち「人工」である。都市は「人工」であり、田舎へ行き、山奥へ入ったり、海の底へ潜ると、その反対の「自然」が展開している。

生命とは不均質なもの

人は、人工のものよりも自然を「美しい」と感じるようだが、そのわりに、散らかっている自然は美しくなく、人工的で不均質な状況になるよう、整理・整頓をし、掃除をして、これぞまさに「人工」という状況を作り出そうとする。そういうものを「綺麗」になった、などと表現するのは、実に不可思議なことではないか。

綺麗といえば、人間の容姿の形容にも使われる。「綺麗な人」というのは、どういう意味なのか。身だしなみがきちんと整理・整頓され、化粧も正確にできている、あるいは整形手術が成功して、人工的に作り上げられた状態だろうか。そうかもしれない。考えさせられる問題である。

もう少し思い巡らしてみると、多少ヒント的なことがわかってくる。

動物というもの、あるいは生命というものが、不均質な状態なのである。つまり、生命というのは、宇宙の平均的な状況からすると、極めて奇跡的なバランスを保っている特殊な状態であり、ある意味で、綺麗に整理・整頓されたものといえなくもない。神様が、そういう造作をされた、ということだろうか(本気にしないように)。

生命は、しかしいずれは活動を停止する。死ぬことになる。死なない生命はない。夜空に輝く星々も、いずれは光らなくなる。太陽も燃え尽き、そのまえに地球も終焉《しゅうえん》となる。そもそも星というものが、不均質な存在だからだ。

ということは、人間が整理・整頓に憧れるのは、それが生命を感じさせるものだからではないか、というのが僕の思いつきである。

良い悪いの話ではない。人間の健康というのは、いわば整理・整頓ができている状態であり、散らかってくると元気がなくなり、そして最後には死ぬ。死ぬと、もう散らかり放題、埃《ほこり》も積もり、ぼろぼろになって、朽ちていく。こうして、最後は土に還って均質な状態となる。

であるから、なんとか元気を出そうというときに、部屋を片づけて、ものを整理してみる。なんとなく生きていく「勢い」のようなものが蘇《よみがえ》ってくる。そういう気分にさせるものが、整理・整頓なのである。

整理・整頓は、精神的な効果しかない

「そんな精神的なものなの？」と思われた方が多いかもしれない。そのとおり、精神的なものである。たとえば、人間が絶滅し、ロボットやコンピュータだけの世界になったら、整理・整頓など、ほとんど意味がない。片づいていようが散らかっていようが、機械なら、何がどこにあるのか把握している。捨て

るのを忘れることもない。そもそも、コンピュータが管理していれば、作業に最適な環境が常に維持されるはずだから、散らかるようなことがない、といえるだろう。このあたりは、僕は人間だから想像もできない。案外、作業に最も効率の良い配置とは、人間が整理・整頓した状況とは異なっている可能性もあるだろう。

結局のところ、整理・整頓とは、元気を出すため、やる気になるためにするものである。

それなのに、仕事ができるようになる、発想が生まれる、効率を高める、などと余計な効果を期待するから、勘違いが生まれる。もともと、物理的、科学的にそういった効果はない、と僕は思っている。何故なら、元気もやる気も、単なる人間の幻想だからだ。

一人だけの仕事場は散らかる

たとえば、散らからないように、いちいち片づけながら仕事をすれば、整理・整頓をする必要がない。常に片づいている状態だ。これはけっこう多くの職場、作業場が、こういった管理を奨励している。それをする目的は、同じ一人の人間が働いているわけではなく、多数の人間が入れ替わり立ち代わり、その場所を使うからだ。このような共有スペースは、ものが整理・整頓されていないと、混乱を来《きた》し、明らかに非効率となるだろう。

だが、一人で作業をする現場というのは、僕が知る限りでは、だいたい散らかっている。大学の研究室は、教授や助教授が一人で使っている部屋であり、資料はテーブルの上に山積みになるし、書類はデスクの上で重なっている。

また、芸術家のアトリエも、凄まじい散らかりようである。そういう修羅場《しゅらば》のようなところで、素晴らしい作品が作られているのだ。漫画家の作業場も同じだし、小説家の書斎も同じだ。

一人で仕事をしていれば、何がどこにあるのか、だいたい本人が把握している。出した道具をいちいち片づけないのは、またすぐに使うからだ。資料が積み重なるのも、上ほど新しく、また使うものだ、と意識をしているからだろう。そういう「意識」が、散らかるのを許している。

逆にいえば、その状態が自分にとっては「効率的」なのである。片づけている暇などない。乗りに乗って仕事をしているときほど、どんどん作業が進み、現場は凄まじい状態になる。散らかっても、作業が進めば、それが正解だろう。

片づけることの解放感

一息ついたときとか、作業が一段落したときに、「しょうがないなあ」と呟《つぶや》きながら片づけることになる。整理・整頓というほどのものではない。元の状態に近づけるだけのこと。道具を元あった場所へ戻すだけ。それをしないと、次の作業を始めるスペースがないからだ。整理・整頓というよりは、「片づけ」である。

おそらく、ほとんどの人が、片づけることを「面倒くさい」ことだと認識しているはずである。「大掃除」のように他者と協調して行うものや、「当番」になっているから、しかたなくやっている場合がほとんどだろう。ただ、たしかに、片づいたあとは気持ちが良い。清々《すがすが》しい思いがする。なんとなく良いことをした気分になれるのだ。

仕事というものは、多くの場合、ノルマが設定されていて、ここまでやればその作業が終る、という目標がある。たとえば、いくつこなせば良いとか、この時間内はしなさい、といった指示があって、それに従うことで賃金がもらえたり、褒められたりする。したがって、やり遂げたときには、自然に達成感というものを抱く。

この達成感が、ものを整理・整頓する場合にも、あるのだろうか。普通の作業は、目標が定められているか、上司に確認をしてもらって合格すれば終りになる。整理・整頓の場合には、そういったゴールや合格ラインはない。だが、それぞれが作業をする途中で、そういったものを自分なりに設定しているだろう。ここまではやろう、今日はここまでにしておこう、といった思考が働くはずだ。

このような、達成感が気持ちが良いと感じるのは、習慣的なもの、つまり学習したものである。知性があって、理屈があって、成り立っている。だから、赤ん坊や犬には理解ができない。何がどうなったら「達成」なのか、わからないからだ。

すなわち、なんらかの支配を受け、拘束されている状態から「解放」されるから、達成感が得られる。不自由な状態だからこそ、自由になれたときに爽《さわ》やかさを感じるのである。逆にいえば、そういった不自由さの中に身を置くことで、学習したものである。

秩序は社会維持のため

このことは、散らかった状態を「汚い」、片づいた状態を「綺麗」だ、と感じることにもつながる。本来、そういった感覚はなかった。犬も赤ん坊もそんなふうには感じない。自然の価値観ではないのである。

しかし、社会生活を送る人間にとっては、秩序というものが必要であり、それは主として、支配側の思想である。こうあるべきだという規範を示し、それに大衆を従わせることで、力による支配を行った。支配者から見て、散らかっているのは危険な状況であり、整然と片づいていれば安泰となる。だから、そうなるように大衆を指導する。このように、秩序が重んじられるのは、人々が場所や道具を共用し、大勢で共同作業を行う必要があったからであり、社会的な秩序の維持が理由なのである。

秩序の必要性は、たとえば戦争のときに表れる。いくら大勢の兵士を従えていても、各自がばらばらに行動していたのでは、力が集結できない。作戦を立て、それに従って一糸乱れぬ行動をする軍隊が、支配者には必要な「力」となった。そのための秩序である。

社会が、平穏にまとまるためにも秩序は必要である。各自の好き勝手な行動を許せば、いたるところで争いになる。力を集結し、また大衆の信頼を得るためにも、社会がまとまっていなければならない。それがリーダの使命だった。少なくとも、これまでの人間社会では、そうだった。

家庭では、整理・整頓というのは、親が子供にさせるものである。子供が、親に「散らかっちゃったから片づけて下さい」とお願いすることはたぶんない。一般に、上の者が下の者に指図する、という方向で伝達され、行われるのが「お片づけ」である。

そういう根源的なことを考えると、「散らかっているなあ」という感想や、「ちょっとは片づけたら」というような意見が「上から目線」に響くのも、理由があるということである。秩序は、元来「上から目線」の発想なのだ。

教授の部屋が片づいている理由

芸術家のアトリエが、もの凄い散らかりようだったり、研究者のデスクの周辺が、書籍の山で囲まれていたりする光景は、僕はなんとなく「自由な職場だな」と感じて、ほっとする。この人たちは、誰からも支配されず、のびのびと仕事をしている、というふうに見える。

テレビカメラが撮っているのだから、もう少しくらい片づけたらどうなのだ、と思う人は、常識人かもしれないけれど、つまりは、社会に支配され、柵に雁字搦《がんじがら》めになっている人だといえるかもしれない。

僕は、大学に二十七年間勤めていた。国立大学である。助手で採用されたときから職場は個室で、ほかに職員は一人もいない。掃除をするのも、整理・整頓をするのも、僕一人の判断でする。掃除係の職員は、外の通路までは綺麗にしてくれるが、個室の中へは入ってこない。助手のときは、学生や院生も共同で使っていたから、掃除や整理は、僕が指示をして、みんなで行った。助教授になったときは、本当に僕一人だけの部屋になったから、掃除も整理・整頓も、僕が思いついたときに一人でした。誰も「もっと綺麗にしろ」とはいわない。それでも、学生が入ってくるし、ゼミもそこで行うから、気を遣って掃除をしていた。

院生たちが使っている院生室は、もの凄く散らかっていた。それに比べると、教授や助教授や助手の部屋は、比較的片づいている方だろう。平均すると、教授の部屋が一番片づいている。次が助教授である。どうしてかというと、偉くなるほど、外来の客が多くなるから、あまりみっともない場所では恥ずかしい、ということではないか、と想像する。

これは、工学部の先生の部屋が比較的片づいていて、文学部の先生の部屋が散らかっているのにも現れているだろう。客が多いのは、共同研究などが多い工学部の先生だからである。

結局、部屋が綺麗に片づいているというのは、そういった対外的なもの、身だしなみと同種の問題といえる。工学部の教授は、普通はネクタイとスーツだったが、文学部の教授はネクタイなどしていない人が多数だった。これも同じ理由からだろう。どちらが良い悪いの問題ではない。他者に気を遣う仕事かどうか、という差である。

生産性が高いほど散らかっている?

一方で、片づいているから仕事が捗《はかど》る、といった感覚は、少なくとも研究者の間には見られない。むしろ逆で、片づいていない部屋の主の方が、研究が捗っている場合が、僕が認識する限りでは多かった。この理屈はわからない。単に、研究が捗って忙しいから、片づける暇がない、ということかもしれない。

また、この人は几帳面《きちょうめん》で、考え方も理路整然としている、という人物の部屋が、綺麗に片づいているわけでもない。逆に、もの凄く綺麗に片づいていても、上手に自分の考えを整理し、順序立てて話せない人もいる。このあたりは、反対の傾向が表れている、というほどではない。部屋の散らかりようと思考の理路整然さは、ほとんど無関係だ、という程度の印象である。

工作関係ではどうか。工作をする友人が多いが、その中でも達人と呼ばれる人や、つぎつぎと新作を創り上げるエネルギッシュな人の工作室は、だいたいもの凄く散らかっているように見える。ものが多すぎて、よくこんな場所であれだけの作品が作れるものだ、と感心することが多い。

一方、工作室を綺麗に整理・整頓している人も沢山いるけれど、この種の人は、工作環境を整える方に気持ちが向いている。工作しやすい道具を作ったり、工作法を工夫して、新たな道具を考案したりする。けれども、それを活かして作品を作っているかというと、それほどでもない。工作の関係では、場所が散らかっている人の方が、精力的にものを作り出しているのは確実である。

これは、町工場などでも同じように観察される。忙しくつぎつぎにものを作る場所は、雑然としているし、オイルにまみれている。お世辞にも綺麗とはいえない。逆に、床になにも置かれていなくて、綺麗に整理・整頓された工場というのは、仕事がないのか、暇そうである。おそらく、暇だから綺麗にする作業に労力を回せる、ということではないか。

ゴミだと明確に判断できるか

さて、だからといって、片づけない方が良い、というわけではない。

僕の書斎も工作室もめちゃくちゃ散らかっている。写真を撮って、本書に載せたが、おそらく本当の惨状を誰も信じてくれないだろう。足の踏み場もないほどなのだが、写真ではよくわからない。「わざと散らかして写真を撮ったのね」と思われてしまうかもしれない。

だから、「片づけたいなあ」という気持ちは常に持っている。だが、なかなかそんな暇がない。時間があれば、新しいことがしたいし、新しいものが作りたい。片づけることでは、新しさは生まれないのだ。せいぜい、思い描いたとおりの綺麗さが表れるだけのことで、想像もしなかった展開にはならない。ここが、片づけることのつまらなさである。

ちなみに、ゴミを溜めるのは、散らかっているのとは違う次元の問題である。ゴミはできるだけ早く処分をした方が良い。溜めて良いことはないし、溜めるほど悪い状態に陥《おちい》りやすい。ただ、ゴミかどうかわからないものの存在は、ちょっとした……、否、大きな問題となるだろう。

綺麗に片づいた職場というのは、必要なものと不要なものが、きっちりと区別できる作業を行っているため実現するものであり、いわば決まった作業を繰り返すルーチンワークをしている場所なのである。たとえば、銀行や、同じものを作り続ける工場などは、必然的に整理・整頓された場所になる。何が必要で、どうなれば捨てられるのかが決まっているから、整理がしやすい。

正反対なのが、アート作品を作るアトリエや、最先端の研究を行う研究室だろう。このような場所では、何が有用なもので、何が不要なのか、さっぱりわからない。必要そうなものを集めていくうちに、散らかってくる。目的もしっかりとしていないし、やりながら修正し、対応しているわけだから、どんどんものが蓄積するし、作業もやりかけ、つまりペンディングになるものが無数にある。かなり作業が進捗した段階にならないと、これはいらない、という判断さえつかないのである。

部屋を片づけよう、とアドバイス

だから、創造的な仕事をしている場合ほど、片づけられない。逆に、片づけられるのは、創造的な仕事をしていないから、といえるだろう。

ルーチンワークとは、つまり電子化や機械化をしやすい条件であり、人間がいなくても仕事ができてしまう領域だともいえる。今後、どんどん片づけられ、最後には人間もいらなくなるだろう。

そんな言い訳を、散らかった場所で仕事をする人たちがする傾向にある（僕がそうだ）。だがそれでも、内心は散らかっているのが、少し気になってはいる。片づけないといけないなあ、という意識を仄《ほの》かに持ち続けている。

おそらく、この意識がある限界を超えたときに、片づける決断をすることになるだろう。片づけた方がなんとなく気持ちが良いことは、これまで片づけた経験から学んでいる。学んでしまったのだ。それを忘れることは難しい。もう遅いといえる。

大学にいる頃に、悩んでいる学生の相談を受けることが何度かあった。なんとなく、大学から足が遠退《とおの》く。講義をさぼってしまう。勉強についていけなくなる。その結果、留年をしてしまう、という学生が一定数いる。

彼らの状況は、いわゆる「怠慢」ではあるけれど、話を聞いてみると、バイトに忙しい、あるいは部活に力を入れている、もしくは恋愛で悩んでいる、就職を考えている、などいろいろなファクタが複雑に絡《から》んでいた。こちらは指導教官なので、なんとか大学へ出てくるように説得したい立場だが、相手はもう立派な大人であって、小学生や中学生に対するような指導をしても、むしろ逆効果である。ただ、「大学に出てこい」では話が進まない。

何年もやっていて気づいたことだが、第一には、事情をよく聞いてやることが重要である。こちらからはなにも話さない、意見をいわない、感想もいわない。ああ、そうなんだ、と頷《うなず》くだけで良い。そして、全然無関係な話題を持ち出すのが良いようだった。たとえば、相手が映画が好きだったら、なにかおすすめはないか、と尋ねる。

そんなふうにして、話ができるような関係をまず作る。そして、僕がときどきアドバイスしていたことが一つだけある。部屋が散らかっていないか、と尋ねてみると、だいたいは散らかっている、と答えるから、まず部屋を片づけなさい、と指示をする。一度、部屋を見せてくれ、ともいったりする。そうすると、本気になって片づけるようだった。これが、けっこうな確率で効果を出す。最初は、気づかなかったのだが、学生の何人かが、「あのとき部屋を片づけたのが良かった」とあとになって語ったのである。

なんでも良いからしてみよう

そういうわけで、「まずは自分の部屋を片づけてみたら？」というアドバイスは、なかなか効果があることがわかった。自分に対しても、これはいえる。やる気がないときは、部屋とか机とか、できる範囲で良いから、ちょっと片づけてみる。すると、なんとなく気持ちの整理がつくものである。

森博嗣の言葉として、インターネットでよく取り上げられている、「何をすれば良いかわからない状態とは、なんでも良いからした方が良い状態である」というものがある。たしか十年近くまえにエッセィに書いたフレーズだ。これも、「片づけてみたら？」とだいたい同じ方向性のものだろう。

むしゃくしゃしているとか、なにも手につかないとか、いらいらしていて、悩んでいて、考えがまとまらない、そういうときがある。やらなければならないことが沢山あるとわかっているのに、手がつけられない状態だ。

そういうときは、なんでも良い。手近なもので良い。やれるもので良い。とにかく、なにかしてみること。実行することである。そうすることで、周囲が変わる。環境が変わり、視点が動く。なにかをすれば、なにかは変わるのだ。なにか一つをすることで、次にできるものがわかってくる。上手くすると、やる気も出てくるかもしれない。

気持ちを切り換える必要はない

今の若者に多いのは、「やりたくないな」「嫌だな」という気持ちがあるとできない、という人だ。そういう人は、自分の気持ちを変えたいと考えている。どうしたらこの「嫌だな」という気持ちを変えられるのか、と考える。「やる気を出すにはどうすれば良いですか?」と質問されることも多い。

だが、それは違う。「嫌だな」と思っている、その状態のままやる。それが正解である。嫌な気持ちを「やりたい」気持ちに切り換えるのは、かなり難しい。それよりも、「嫌だ」と思いながら作業を始める方が、ずっと簡単なのだ。難しいことをしようとしているのが間違い。だいたい、仕事も勉強も、みんなやりたくてやっているわけではない。それをいかにも「楽しそう」に見せようとしている人たちが一部にいて、それが誤解の根源だ、と僕は考えている。嫌だけれど、やった方が得だとわかっているから、得と我慢の交換として、やっていることである。

世の中には、「モチベーション」という言葉が重用されていて、そういったものを持つことが大事だといわれている。各自が「動機」を持て、ということらしい。だが、仕事のモチベーションは、給料やバイト料がもらえること、勉強のモチベーションは、将来有利な立場にたてる可能性が高いことである。つまり、未来の得のために、現在の損を差し出せるか、その交換ができるか、という話に集約されるだろう。

自分の方法を見つける以外にない

整理・整頓も、まったくこれと同じで、面倒で面白くもない作業なのだが、やれば、少し気持ちが良くなる、その交換をするかどうか、ということだ。整理・整頓をして、仕事の効率が上がるとは、残念ながら、僕は思えない。でも、それでやる気を出して、仕事がばりばりできる、という人もいるだろう。これは物理的な条件ではなく、精神的な条件でこうなっているので、個人がそれぞれ、自分にとって効果が上がる方を選択するのが良いだろう。

世間で良いといわれている方法が、必ずしも個人の役に立つわけではない。どんなに大勢が良いと評価しても、あなた一人に効かなければ意味はない、という点に注意をすべきである。どんな方法が自分に効くのかは、実際に試してみるしかない。

そういう意味からすると、若者には「方法がわからない」という不利がある。教えてもらったり、本などで学習しても、「自分の方法」が具体化できない。これは、時間をかけて試行錯誤を重ねて見つけるもの、築くものなのであり、時間がかかる。

歳を取るほど、自分の方法が確立されてくるのだが、「時既に遅し」となる可能性も大きい。できれば、若いときから積極的に試して探すこと。周囲のアドバイスは、疑ってかかった方が良い。人それぞれで条件が異なるから、他者の方法は参考程度にしかならない。それらを参考にして、自分に合うように考えることが必要だ。

本書に書かれていることも例外ではない。多くの人は、もう既に「この本、役に立たないかもしれないな」と訝《いぶか》しんでおられるだろう、と想像する。そういう姿勢は非常に大事である。

自分に適した方法を早く見つけるコツというのは、できるだけ多くの意見や事例を参考にすることだが、そのときに、好き嫌いで評価をしないこと。嫌な奴がいっていたから、あいつの意見は聞きたくない、ということは、自分にとっては明らかな損である。また、好きな人がいったことも、褒めてくれる人の意見だからといっても、真に受けない。これも肝に銘じておこう。

整理・整頓は有効なのか?

もう一度、本章のテーマを整理しておこう。

整理・整頓は、何故必要なのかということを、いつも意識することが大事だ。何のために整理・整頓をするのか、と自問すること。

本章では、「とりあえず、作業の効率がアップする」という一般的な理由を疑わしい、と書いた。各自が、本当に効果があるものかを確認した方が良い。なにしろ、整理・整頓をするエネルギィが馬鹿にならない。ときには経済的な負担もある(整理棚を買ったり、収納スペースを作ったりすれば金がかかる)。それに見合った効果が得られるのか、という比較をしたうえで評価をするべきだろう。

ものを捨てるのだって、その判断をする時間、捨てにいく労力が消費される。売ればいくらかの入金があるかもしれないが、二束三文である。一方で、失ったものは大きい。それは「可能性」という抽象的なものだが、可能性を使いこなすことができる人にとっては大きな損失といえる。可能性を使いこなせない人は、ご自身を捨ててしまわないように注意しよう。

とはいえ、整理・整頓の精神的な効果が有効な場合がある。特に若いときには、目の前の道が塞《ふさ》がるような感覚に陥ることがある。いわゆる閉塞感だ。なにをしても上手くいかないような気がする。周囲が、自分にとって不都合なもので溢れているように見える。やらなければならないことは、すべて意味がわからない。自分にとって本当に意味のあることなのか、と疑われる。騙《だま》されているような気がするのである。

誰でも、こういった状態に陥る場合がある、と思う。そういうときに、部屋を片づけてみるのは、わりと効く。そういう事例が幾つかあった。

どうして、そうなるのか、と考えたのだが、おそらく、問題を解決する能力は、それ以前から本人に備わっているのだ。それが、ものを片づけるという作業をするうちに、気持ちが落ち着いて、冷静な観察力を蘇らせ、本来の自分に戻ることができる。その結果、「しかたがない、やってみるか」となれるのだと思われる。

整理・整頓をスポーツと捉える

「気持ちを切り換える」という言葉がある。よく用いられるのは、勝負や競争に負けて落ち込んでいるときなどに、「くよくよするな」という号令的なアドバイスとして発せられる。僕は、これはアドバイスとは認められない、と思う。何故なら、気持ちを切り換えるという動作が、具体的にどんな意味なのかわからないからだ。

これも、たぶん、「気持ちなんかどうだって良いから、とにかく次の対処をしろ」との意味だと解釈できる。そして、その「次の対処」とは、「今とりあえずできること」である。少なくとも、考えることではない。なにか目の前のものを処理しよう、というアドバイスなのだ。その意味で、部屋を片づけてみよう、とほぼ同じである。

作業をすることは、肉体を使うので疲れるが、少なくとも頭を休ませる効果がある。じっとしていても体力は消耗するけれど、動けば余分にエネルギィを使う。だが、適度に躰《からだ》を動かした方が、寝ているよりは健康的らしい。多くの人が、運動に精を出している。散歩をしたり、ジョギングをしたり、あるいはスポーツで汗を流している。そういった行為が、「リラクゼーション」として捉えられている。すなわち、緊張を緩め、ストレス解消になるというわけである。

だとすれば、整理・整頓、それから掃除なども、スポーツと考えれば良い。そう考えるだけで、多少やる価値が出てくるのではないか。僕は、そもそもスポーツが躰に良いとは考えていないので、この気持ちに実際はなれない。静かに本を読んでいる方が健康的だと感じている。

ただ、もちろん、人による、ということである。もしかしたら、整理・整頓に向く人かもしれないので、試してみてはいかがか、という提案に留めたい。

整理・整頓の天才

本章の最後に、一つ言及しておきたいことがある。

世の中には、もの凄く身の周りが片づいている人がいるのだ。整理・整頓を常日頃からしているから、散らかるような事態にならない。たとえば、デスクの引出しを開ければわかる。

僕のデスクの引出しは、いわば無法地帯である。いろいろなものがそこに入っていて、だいたいのものがここにある、というだけだ。ものが見つからないときは、あちらこちらの引出しを開けて探さなければならない。それに、ゴミといっても過言ではない代物が三割くらいは混在している。「これは何だ?」というようなものも、とりあえず保留の意味で引出しに入れてしまうから、こういった結果になる。

デスクの上にも、常に雑多なものがのっている。たとえば手紙や伝票、筆記具や付箋やテープなど……、もうありとあらゆるもの、さまざまなものがある。やりかけの仕事ものっているし、しかも積み重なっている。上のものほど新しい事案だ、ということが、ぼんやりとわかるくらいのメリットしかない。

僕が大学に勤めているとき、同じ研究室の教授は、もの凄い整理魔で、机の上に何一つものを置いたままにしない人だった。引出しの中には、何がどこにどれだけ収納されているか、常に把握している、とおっしゃっていた。資料も書棚の何段めにあるのか、頭に入っている。本当にコンピュータのような方だった。

この先生は掃除も徹底している。自分の部屋は、いつもワックスがかかっていた。若い頃に下宿をしていた部屋の畳は、使ったあとのお茶の葉で掃いた、という話もされていた。そういうことをする大学生が今どきいるとしたら、天然記念物に指定されるのではないだろうか。

つまり、そういう極端な人もいる。整理魔と呼ぶのは良くないだろう。整理・整頓の天才といったところだ。それに比べると、僕などは凡人である。全然片づかない。だが、研究室で僕の下にいた助手は、僕よりも周辺が散らかっていて、それに比べると自分の場所は「まあまあだな」と思っていたクチである。

だから、他人が片づけないことに、いちゃもんをつけるつもりは毛頭ない。天の邪鬼なことを書いているわりには、平均的な感覚の持ち主である、ということを主張しているのだが、もちろん、半分は願望かもしれない。

以下の章では、整理・整頓術について、もう少し深く考えてみよう。

環境が
作業性に与える影響

第2章

作業場所の環境と安全性

整理・整頓も掃除も、良い環境を得るための手段である。作業を行う場所が対象であれば、整理・整頓された環境は、作業の効率や安全性において大事なファクタの一つである。こういったことは、法律でも規定されていて、散らかりっ放しの場所が好ましくないことは、一般常識となっている。

個人の部屋であれば、どんな状況だろうと自由であるが、仕事をする場所は、仕事をさせている側が、その場所を管理し提供しているわけで、作業者の安全や健康を確保する義務がある。この種のことは、近年になってどんどん厳しく規定されるようになった。

最近、「働き方改革」という言葉がしばしば聞かれるところである。主に、時間的な余裕が持てるように、という意図のものであるが、空間的に余裕を持たせることは、整理・整頓に通じる精神だといえる。

ものが散らかっていて、歩くだけでなにかに躰をぶつけてしまうような場所では、安全な作業はおぼつかない。安全でないとは、危険だということだ。

大学に勤務しているとき、僕の研究室は、大きな実験室を使っていた。そこは建築の構造物の力学的な試験をする場所で、対象となる試験体が大きいだけに、空間も当然大きい。ところが、雑多なものが多すぎて、人が通る道のような部分以外は、床にも試験体や加力装置が置かれていて、気をつけていないと足をぶつけてしまうほどだった。

大学が法人化されたときに、このような作業環境を改善せよ、との指令が上からあって、非常に困った。なにしろ、実験室が散らかっているのは、僕が就任するまえからだったし、そこに置かれているものの大半は、前任者か前々任者が置いていったものなのだ。勝手に捨てて良いのかどうかもわからなかったのである（最後は、全部捨てることになったが）。

好きなもので埋まる

これは、僕の書斎に見られる傾向だが、地面に平行な場所は、悉《ことごと》くなにかが置かれてしまうのである。ただし、例外が一つだけ。それは天井だ。

冗談を書いている場合ではない。それくらいものは増える。どうして増えるのか、といえば、どんどん新しいことを始めるからであり、それだけ面白いこと、やりたいことが多いからなのだ。活気に溢れている場所というのは、必然的にものが増える。自然に減っていく、などということは滅多にない。

人間は、生きている間は、つぎつぎと自分の周囲にものを置く。たとえば、本が好きな人であれば、毎日本を読み、本が溜まっていくだろう。僕は、それほど本が好きな人間ではないので、読んだら捨てることにしているけれど、本が好きな人は、「また読み直したい」「もう一度読むかもしれない」と思うから捨てるわけにはいかない。

本はデスクの上に重ねて置くと、かなりの高さに積み上げることができる。

形が揃っているし、積みやすい形状をしている。

しかし、僕が大好きな模型は、簡単に積み上げることができない。次から次へと作るし、作りかけのものも増えてくる。あちらこちらで「店を広げる」わけで、いくら場所があっても足りない。

なにか新しいことを始めるときには、まずはどこかを片づけて、場所を作ることからスタートするのが常である。

書斎に積まれた自著の山

僕の書斎の床には、僕の本が積まれている。新刊が出るたびに、出版社は作者に十冊の見本を送ってくる。読んだ本は捨てる僕でも、自分の本は捨てるわけにいかない。なにしろ新品だ。また、古書店にそのまま売るのも憚《はばか》られる。しかたがないので、床に積み上げておく。

ちなみに、僕は自分の本が発行されたあとに広げて読むことはない。それから、知合いに贈呈することもない。身内にも配らないし、家族にも渡さない。非常に稀《まれ》なことだが、家族の誰かが「あの本が読みたいんだけれど」と書斎に来ることがあるけれど、そのときには、もうその本がどこへ行ったかわからず、探すことは不可能だ。出てすぐにいってくれれば、まだなんとかなるのだが、半年もすると、もう見つからなくなる。

僕は、これまでに三百作以上の本を上梓している。見本は初版のときには十冊、そのあと重版になるごとに二冊届く。初版だけでも、三千冊以上の見本が、僕の家に溜まっている計算になる。

もちろん、書斎の床に積んでおくと、数年で有効な床面積が二十パーセントくらいに減少してしまうので、段ボール箱に入れて、地下倉庫へ運ぶことにしている。その段ボール箱がこれまでにいくつあるだろう。一箱に百冊入れれば三十箱だが、重版分もあり、もっと多いはずである。五十箱以上あると思われる。一度も、それらの箱を開けたことがない。

こんなに散らかった僕の書斎であるが、現在の作家稼業には、まったく支障がない。パソコンにトラブルさえなければ、仕事の効率にも影響しない。部屋が散らかっていることは、作業性にも効率にもまったく無関係である。

工作室では、ものを探してばかり

僕は、さっぱりした綺麗な場所が、さほど好きではない。むしろ、ごちゃごちゃした、いわゆる「おもちゃ箱をひっくり返したような」空間が好きなのだ。自分の好きなガラクタに囲まれていたい。そういう賑やかな場所の方が落ち着く。

工作室も、もの凄い散らかりようである。こちらは、多少作業性にも効率にも影響を及ぼしているはずである。見つからないものがあって、材料や道具を探している時間がけっこう多い。そういう無駄な時間は、片づいていればなくなるのだろうか。

もちろん、無駄は少なくなるかもしれない。だが、片づいていても、見つからないものは見つからない。どこへ片づけたかが思い出せないからだ。そもそも、見つからないものとは、「どこかで見たな」といった半端な記憶があって、それで気になって探してしまうのだ。見つかるか、見つからないかは、半々である。片づいているときは見つかって、散らかっているときは見つからない、というわけではない。探す時間にほんの少し差が出る程度の影響しかないだろう。

整理された場所では、道具をすぐに手に取れる。これは、たしかに効率的だ。だが、使った道具を、また所定の場所に直《ただ》ちに戻さなければならないとしたら、この時間が余計にかかる。出しっ放しにしておいた方が、むしろ短期的には効率が良い。

整理をする時間というのも、馬鹿にならない。効率アップによって、その時間が取り戻せるかどうかは、微妙なところではないだろうか。

いらいらの影響は？

　いらいらしないでいられる、という効果は、たしかに整理・整頓の大きな特徴である。だから、いらいらしたくない人は、整理・整頓に時間を使えば良い。いらいらしても気にならない人は、そのときどきで考えれば良いだろう。僕はいらいらするけれど、いらいらしても悪い気分になるわけでもない。最近は、いらいらしている自分を観察するのが面白いくらいの境地に達している。

　逆だという方もいらっしゃるはずだ。散らかっているのがいらいらするから、片づけるのではないか。もちろん、そうかもしれない。順序はどちらでも良いだろう。

　問題は、いらいらすることで、どれくらい悪い事態に陥るのか、という点だ。いらいらしていると、気持ちが集中できないから、ミスをするとか、考えが進まないとか、明らかに作業性が低下する、という場合には、整理・整頓をする効果がある。

その反対で、いらいらしても、別段作業の進み具合には影響しない、という人もいるだろう。僕がそうである。いらいらするけれど、特にミスもしないし、仕事が遅くなるわけでもない。いらいらすると疲れるかどうかも、それほど明確な差として感じたことはない。「ああ、いらいらするなあ」と呟く程度である。

むしろ、少しいらいらしている方が、緊張感があって、作業に適しているのではないか、と思うことがある。いらいらするの反対は、ゆったりする、のんびりするといったところだろう。これは、作業には向かない状態ではないだろうか。

いらいらは、自由度に起因する

いらいらするのは、進めなければならない対象があって、それが上手くいかない場合、あるいは、その対象とは別の問題が降り掛かった場合、などだと思われる。たしかに、「これをしなさい」と明確に指示された仕事だったら、それほどいらいらしない。そうではなく、自分で考えて進めなければならない作業では、思い違いがあったり、突発的な問題が起こったりする。また、指示をした人が、思いどおりに動いてくれないなど、他者が絡んでくると、いらいらする場面が多くなる。

ようするに、頭脳的な作業であったり、指示をする側であったりしたときに、いらいらするのだから、「いらいら」は、ある程度創造的な作業において発生しやすい、といえる。その作業だけに集中できる立場の人は、いらいらしないでいられるのだ。

整理・整頓が行き届いた環境は、いらいらしないために作られたものではなく、ある作業に集中できる条件だということだろう。これは、指示された仕事のように、それをするしかない、という判断不要な条件ともいえる。気が散らない環境と言い換えても良い。結局は、自由度がない状況に等しい。

自由度があるほど、人はいらいらするのだ。あれもこれも、と考えることも多く、目が行くところも多く、気が散って一つのことに集中できないから、いらっとする。

人間の集中力はもういらない

古来、ものごとに集中することが「善」とされてきた。「集中力」を持っている者が、成功者となる、という社会だった。「気が散る」ことは障害だったのだ。

このテーマで別の本を書いたので、ここでは詳述しないが、この人間に求められた「集中力」とは、結局は「機械のように働け」という意味であるから、僕は「機械力」と名づけるのが相応《ふさわ》しいと考えている。機械がない時代には、人間がするしかなかった。目を離さず観測し、素早く的確な判断をすることが求められた。だが、それらはすべて、センサやコンピュータの仕事になった。集中が必要な作業は、機械が行う世の中に既になっている。

さて、では人間に要求される能力とは何か？

それは、新しい問題を見つけること、これまでになかったアイデアを発想することである。これは、「計算をしなさい」というような問題ではないから、コンピュータにさせることができない。機械ができるのは、あらかじめ決まった箇所をチェックし、過去と同じような不具合が生じていないかを調べ、定められた対処をすることだ。

人間は、未来を想像することができる。今後何が問題になるのか、どんな不具合が発生するのか、その場合にはどんな対処をするべきか、そうならないように、どのような新しい手法を取り入れるべきか、という判断である。こういった問題発見や新発想に必要なものは、一つの対象に集中する思考ではなく、沢山のことに目を配り、また無関係なものからヒントを得るような「連想」である。「連想」とは、思いもしないところから「思いつく」行為だ。これらには、集中力とは正反対の姿勢が有利となる。その言葉がないので表現がしにくいが、「分散力」あるいは「連想力」といったところだろうか。

いらいらは、ごく自然なこと

さて、「いらいら」に話を戻そう。いらいらするのは、人間の頭が、本来はいろいろなものに視点を移し、つぎつぎに連想し、さまざまなことを考えようとしているからこそ起こるのではないだろうか。人間らしくない、一つに集中するという無理をしているから、ストレスになる。どんどん他の事を考えたいのに、目の前のものに集中しなければならないからいらいらするのだ。

それは、本来の頭脳の機能を、押さえつけているような行為といえるだろう。たとえば、馬は本来は草原を自由に走り回りたい。僕の犬たちもそうだ。真っ直ぐに走ろうといった欲求はない。あちらこちらを巡りたいのだ。だが、人間が馬に乗ったときは、馬は前に走らなければならない。競走になれば、もう周囲を見せないようにして、突っ走らせるしかない。それで競走には勝てる。だが、それは馬の本来の能力ではないから、いらいらして走っているかもしれない。

いらいらするのは、一概に悪いことではない、というのはそういう意味だ。いらいらして当然なのである。そう考えれば、少しはいらいらも収まるだろうか。

整理・整頓の目的は、精神的なものである、と述べた。別の言い方をすれば、気分的なものだということ。掃除は、汚れが酷くなると数々の健康被害につながるので、気分的だとは割り切れないが、整理・整頓は、単に散らかっているだけ、という意味では、直接的な実害がない。

もっとも、散らかっていれば、必然的に掃除がしにくいし、埃も溜まりやすい。散らかっているものが何か、という点にも注意が必要であり、極端な場合、生ゴミに近いものが散らかっているのでは、衛生的によろしくないことは当然である。

整理に必要なのは区別

片づけには、整理・整頓的な片づけと、掃除的な片づけがある。前者は、ものが置かれている位置を管理することであり、後者は、不要なものを取り除くことである。ここでは、後者については書かない。それは、各自が自分が要求するレベル、あるいは許容するレベルで行ってもらえば良いことだ。

ものを整理・整頓するには、区別をつけることが条件となる。何と何が同じ区分に入り、それに類似したものは何か、といった「区別」が自分なりにできている必要がある。「区別」は、名前で分類するものから、用途や、時間、あるいは大きさや色、価格などの性質で分けるものまでさまざまだ。

一例を挙げる。僕の工作室で、整理・整頓が必要なものとして真っ先に思いつくのは、ネジである。工作や修理をするとき、ネジが頻繁に必要になる。ネジはその径、長さ、ピッチ、頭の形状、材質などで区別される。よく使うものだけに限っても、これらの組合わせは膨大な量になる。それぞれを使い分けるので、いつでも欲しいものが取り出せるように、区分した場所に収納しておく必要がある。

また、区分して保管しておけば、あるネジを使うごとに、同じネジの残りがいくつくらいあるかを見ることになるから、補給をするタイミングも外すことがない。

使用頻度による整理が基本

使用頻度が高い材料や工具は、手近に置きたい。使用頻度が下がるほど、遠くても良いが、できるだけ、探すことがないようにしたい。かといって、スペースは限られているし、材料も工具も増える一方である。

僕の経験では、滅多に使わないものの収納が最も難しい。場合によっては、数年に一度しか用いないものがある。しかし、必要になったときには、それがなければ作業ができない、ほかのもので代用できない、というものである。万が一見つからなければ、買い直すしかない。安いものならば、それでも良いが、もちろんそうでないものも多い。

ものが多くなってくると、何がどこに仕舞われているのかを忘れてしまうだろう。人間の記憶能力など知れている。かといって、逐一それらの記録やリストを書き換えていたら面倒だ。そのリストが見つからなくなるかもしれない。

将来、自分が探すときのことを想像し、見つかりやすいようにしておく工夫が必要になる。箱に入れれば、積み重ねられるから、狭い場所により多く収納できるが、中が見えなくなる。そこで、透明の箱にしたり、中身が何かというラベルを付けるなど、それぞれの場所で工夫されていることと思う。

区分して収納する場合、どんなものがどれくらいの量あるのかを把握している必要があるから、ある程度、その作業場で行われる工程や、使われる材料を知っている人でなければできない。まったくの初心者には無理な話だ。ベテランになるほど、整理のし方も洗練されてくるだろう。ただ、同じ作業をずっと繰り返している場合はそうかもしれないが、作業自体が、時代とともに推移する。個人の趣味でやっていることも、だんだん嗜好が変わってくるだろう。同じ整理法では、続けられない場合も出てくるはずだ。

ストックとアイデア

整理ではないが、僕は「ストック」を沢山している。つまり「備蓄」である。工作室でストックしているものは、さきほど例に挙げたネジが筆頭だろう。ただし、最近では、ネットで注文すれば、翌日にも指定のネジが届くようになった。こうなると、本当にストックしておく必要があるのだろうか、と考えざるをえない。

僕の工作というのは、設計図をしっかりと描いて、それに従って作るという方式ではない。手近にあるものを眺めているうちに、いろいろ思いついて、そこにあるものを活用して作ってしまう。だから、工作室は、もの凄い量のガラクタで溢れ返っている。そんなガラクタを眺めること自体が楽しい。なにかに使えないか、どんなものに活かせるか、という発想こそが、工作の起点となっているのだ。

設計図を描いて、しっかりと計画したうえで製作をするタイプの人は、必要なものだけ買いにいけば良い。自宅に大量の材料をストックする必要がない。このタイプであれば、断捨離も可能だろう。このような製作が、一般の工場では常識であり、通常の工業製品はすべてこういったシステムで作られているはずだ。

ただ、まったく新しいものを生み出そうというときには、試行錯誤が必要であり、設計図を最初にすべて描くことはできない。簡単な設計をし、試作品を作ってみて、また設計図を直し、という繰返しが必要になる。「開発」と呼ばれる段階もこれだと思われる。

整理して面白いか？

ものがきちんと整理された環境は、たしかに気持ちの良いもので、そういった場所での作業も、当然ながら気持ち良く進むだろう。僕も、工作室をたまに片づけるが、片づくとスペースが広くなって、のびのびと作業ができる。精神衛生上は良好だ。

それでも、本当にこれが必要だろうか、と自問すると、曖昧な返事しかできない。気持ちが良いだけかもしれないからだ。これまで、面白い経験ができたとき、素晴らしい思いつきがあったとき、納得のいくものができたときには、だいたいいつも散らかっていたように思うのだ。整理・整頓された綺麗な環境が必ずしも結果に結びつかないように、どうしても思えてしまう。

このことで、一つ思い出がある。僕がまだ三十四歳のとき、八歳になった息子に初めてプラモデルの作り方を教えた。彼が欲しいといったプラモデルだし、自分で作れるかどうかもわからない。最初なので、基本的なことを指導しようと考えた。

まず、袋からパーツを出して、一つパーツを切り離したら、残りはまた袋へ戻す。一つずつ説明書のとおりに進める。散らかさないこと。そうしないと、パーツがなくなることがある。そんな基本的なことだった。

そのときは、息子は神妙な顔つきで聞いていたし、そのあと、自分で作り始めた。僕は、彼の側を離れ、自分のデスクに戻った。べつに、普通の親子の風景である。

だが、ここで僕は考えた。自分は、もの凄くせっかちだったから、パーツを全部最初に切り離したりした。いちいち袋に戻したりしなかった。部品が足りなくなって、探し回ったことも何度かある。散らかった場所でやっていたから、ゴミと紛れてしまうことも多かった。そんな失敗ばかりしていたのだ。だから、息子にはその失敗をさせないように、と大人のアドバイスをしたつもりだった。けれど、どうだろうか？　そんな几帳面な作り方をして、面白いだろうか？　と思い至ったのだ。

やり方を押しつけない

自分は、無心に作っていた。周りのことが見えなくて、失敗を何度もした。

でも、作っている最中は本当に楽しかった。だから、この歳になった今も、工作をし続けているのだ。一番大事なことは、片づけて、部品を失くさないことではない。

このとき、自分が息子にした指導に、僕は後悔した。反省もした。若者に、こういったアドバイスをすることは、彼らの楽しみを半減させる可能性がある。もちろん、怪我をしないようにとか、換気をするようにとか、そういった危険を避ける方法は指導しなければならないが、少々散らかることくらい、どうだって良いのではないか。もっと自由にさせてこそ、楽しみが味わえるはずだ、と思ったのだ。

こんなこともあって、それ以来、同じようなことはいわないようにした。また、子供たちの部屋がいくら散らかっていても、文句をいわないことにした。これは、大学の研究室でも同じだ。学生、院生、あるいは後輩などにも、口出しをしない。自分の部屋は、自分が片づけたいときに片づける。それで充分だろう。

確認のために書いておくが、整理・整頓をする行為を否定しているのではない。反対である。その行為には意義が認められる。これは掃除も同じだ。綺麗な環境を目指して作業をする行為自体が、癒《いや》しになる。落ち着ける。だが、その結果になにかを期待しないことが大事だと思う。整理され、綺麗になった環境から、素晴らしいものが生まれる保証はない。そういうことで、仕事が画期的に上手くいくことは、まずないということである。

エンジン初始動の思い出

もう一つ、昔話をしよう。僕が小学生のときである。初めて模型エンジンを手に入れた。中古品が安く売られていて、それを自分のお小遣いで買ったのだ。買うときに、取扱いの指導も受けた。小学生の初心者が扱うには、少々危険がある、と店の人が考えたのだろう。

僕は、それを日曜日の朝から、家の隣のガレージでいじっていた。教えられたとおり、灯油で洗って組み立て直し、木箱に固定し、プロペラを取り付けて回そうとした。

だが、うんともすんともいわない。始動しないのだ。エンジンをかけたことなどないし、何がいけないかもわからない。この試行錯誤を、数時間も続けた。もちろん、腕が痛くなるので、ときどき休みながら、繰り返した。燃料を確かめ、プラグをヒートして、プロペラを手で回す。エンジンがかかったときに、プロペラで手を切らないように、と指導を受けたから、それだけは気をつけた。軍手をして、防御もしていた。

冬のことだったから、ガレージのシャッタを閉めて、一人で黙々とやっていた。いつのまにか、床には工具が散らかり、オイルにまみれたボロ切れも散乱した。ガレージといっても自動車があるので、残されたスペースはそんなに広くはない。壁際の狭い場所で、このトライを続けたのである。

夕方近くになって、もう諦めようかと思った。安く売られていた中古品だから、なにか欠陥があって回らないのかもしれない。そういう心配もだんだん大きくなる。でも、いろいろ条件を変えて試しているうちに、がつんという手応えがあった。プロペラがなにかに引っかかったような抵抗感だった。

そして、その次に、突然エンジンが回りだした。すぐに止まってしまったが、これにはもう歓喜しかない。大喜びでまたトライする。しばらくして、また回り始め、今度は燃料の濃さを調節できた。エンジンの回転は上がり、もの凄い音を響かせて回り続けたのだ。

一分ほど、エンジンが回る様子を見ていた。汗が流れていた。でも、とにかく嬉しくて、誰かにこれを見せたいと思った。

気がつくと、ガレージのドアが少し開いている。そこに母親の顔があった。僕は、エンジンが回ったと、母にいった。すると、彼女は、こういったのだ。

「シャッタを開けなさい」

どういうことだろう、と不思議に思った。シャッタを開けると、この騒音が近所に聞こえてしまうのではないか。近所迷惑になってしまう。

ところが、すぐに理由がわかった。

ガレージ内は、白い排気ガスが充満し、濃霧のような状態だったのだ。僕は、急いでシャッタを開け、同時にエンジンを止めることにした。

たとえ、シャッタが閉まっていても、大音響は遠くまで聞こえただろう。聞こえたから母が見にきたのだ。

友達と少し騒いでいるだけで、静かにしろ、と叱る人だったのだ。散らかった部屋を、「片づけなさい」とたびたびいわれた。とても几帳面で、彼女自身が、整理魔といえるほど、ものを整理・整頓する人だった。

しかし、このとき、母は「煩《うるさ》いからやめなさい」といったのではない。排気ガスが充満するから換気のために「シャッタを開けなさい」といったのだ。

今になって、この親の視線というものの温かさを感じる。子供が夢中になっているものに水を差さない。ただ、危険があってはいけない、というアドバイスだけをする、ということである。

整理・整頓すべきは内側

もし、自分の子供を、「片づけなさい」「綺麗にしなさい」と叱るときがあったら、それよりも大事なことはないか、と一瞬で良いので考えていただきたい。

そして、整理・整頓するべきものは、このような自身の精神ではないだろうか。部屋よりも、精神こそ綺麗な方がよろしい、と僕は思う。

感情というのは、見境がない。ついかちんときて、「煩い!」と叱ることがあるだろう。自分に余裕がないときや、ほかのことでいらいらしているときはなおさらである。

しかし、いつも気持ちを整理・整頓し、大事なことは何か、それほど大事ではないものに囚《とら》われていないか、と整頓をしておく。そうすることで、大事なことを忘れたり、小さなことでカッとなったりするのを防げることだろう。

整理・整頓は、あなたの外側ではなく、まずは内側、あなたの心の中でするのが、最も効果がある。

日頃から、心が散らかっていないか、とチェックをすることも忘れずに……。

第3章

思考に必要な整理

頭の中のデータアクセス

どうやら、身の周りの物体を整理・整頓するよりも、まずは自身の頭の中を整理・整頓すべきではないか、ということらしい。

頭脳明晰な人物というのは、いかにもきちんと頭の中が整理されているように見受けられる。当然ながら、その様子を実際に見ることはできないのに、そう感じられるのは、どうしてなのだろう？

まず、情報のアクセスが速い、という点が挙げられると思う。ちょっとした質問をしたときに、すぐに的確な答が返ってくる。つぎつぎと関連する情報を説明してくれる。その説明が、また理路整然としている。まるで、頭の中から情報を引っ張り出してくる作業に手慣れているように見える。図書館の書棚のように、データが分類され、順番に並んでいるから、目当てのデータに行き着き、たちまち引き出せるのだ、というイメージを思い浮かばせるのである。

たとえば、クイズ番組などに登場する「クイズ王」なる人がいる。どんな問題にも瞬時に答える。そんなマイナな情報まで記憶しているのか、しかも詳細に覚えているのか。記憶力に優れているだけではない。アクセスのスピードが速いことも驚異となる。

僕自身は、この種の能力はまったくないので、頭の中で整理がされているのかどうか、まったく自信はない。そもそも、どうやって記憶するのかも想像できない。

暗記科目を放棄した

僕は、中学生の頃に、「暗記もの」と呼ばれる学科をすべて放棄した。特に、固有名詞を覚えることが苦手だったので、そういうことに頭を使うのをやめてしまおう、と自分なりに判断したのだ。なにしろ、ぼんやりと知っているだけでは、テストで答えられない。一字一句正確に記憶し、再生できなければならないのだ。わざわざ覚えなくても、ノートに書いてあることだ。必要なときに、それを見れば良いのではないか、と子供ながらに思った。なんだか、無理にものを覚えると、頭が痛くなるような、不快感を抱いたからだった。

時代が違うということもある。僕が大学を受験するときには、まだ共通一次とかセンタ試験などは始まっていない。各大学が独自の問題で入試を行っていた。理系の学部では、数学と物理の配点が大きく、この二つで良い点を取れば、英語、国語、社会などをカバーできたのである。

そもそも勉強というものが大嫌いだったのだが、それも、ものを覚えることが嫌いだったからだ。数学の問題などを解くのは、それなりに面白いと感じていたから、自分は理系へ進めば良い、と判断して「暗記もの」を放棄し、文系学科から離脱した。

そのときに自分なりに感じたのは、余計なものを覚えない方が、頭の中はすっきりしていて、むしろ考えるのに都合の良い状態になるのではないか、ということだった。国語や社会の勉強をするほど、数学や物理はできなくなる、という懸念である。

たぶん、そんなことはないのだろう。だが、ものを覚えることは、非常に面倒で、それらがあまりにも多すぎて、「頭がこんがらがる」のではないか、とイメージした。

この「頭がこんがらがる」というのは、覚えなければならない情報が頭の中で散らかってしまい、収拾がつかなくなっている状況を連想させる。そういう状況を見たことがある人はいないはずなのに、その表現で誰もがしっくり納得できるのではないだろうか。

計算と発想に頭を使う

それに対比して、数学や物理というのは、覚えなければならないものが、ほとんどない。公式を記憶しないと解けないだろう、と思われるかもしれないが、忘れていても、その場で考えれば導けるものが多い。本当に大原則だけ知っていれば、あとは「応用」するだけで問題が解ける。このとき、頭が「こんがらがる」状態にはならない。どうしてだろうか？

計算をしているときも頭を使う。数字を使うだけが計算ではない。変数を表わす文字を使って式を展開する場合もある。これらは、「応用」ではなく「適用」であるけれど、難しい問題になると、ちょっとした発想が必要になって、計算のようにただ前進する作業ではなくなる。計算は、ほぼ時間に比例して進められるものだが、発想は、出てくるまでは止まって考えるしかない。思いつかないかぎり、一歩も前に進めなくなるのだ。

「記憶」を引き出すのは、単に思い出すだけである。覚えていないことは無理だが、覚えたものは、忘れなければ出てくる。また、覚えたはずだ、という記憶があっても、出てこないこともある。これなどは、どこかに仕舞ったはずだ、と覚えているのに、どこだったかわからなくなる経験に類似している。だから、頭の中を整理しよう、と多くの人がイメージするのだろう。

「計算」は、記憶ではない。これは頭の運動のようなもので、ジョギングのように、誰にでもできる簡単な動作を続ける行為、と考えることができるだろう。途中で計算間違いをするのは、その単純作業の中で、ちょっとしたミスをすることに等しい。歩いたり走ったりしていて、ちょっと躓《つまず》くようなものだ。

「発想」は、記憶とも計算とも違う。しかし、頭の働きであることはまちがいない。一言で「発想」といっても、おそらくいろいろなタイプのものがあるだろう。記憶したものから出てくるのか、計算の途中で出てくるのか、明確にはわからない場合が多い。だが、なにかしら記憶したものから発想されることは、ほぼまちがいないところだろう。ただし、計算のように道筋がつながっていない。少し離れたところへジャンプしたり、まったく方向が違うもの、遠いものから連想したりする。

雲のような記憶と理解

発想というのは、人間の頭の中に格納されたものが、図書館のように順番には並んでいないことを連想させる行為である。全然違うジャンルのものがつながったり、同じような傾向を見出したりできる。いわば、ものごとを抽象化しているからこそ、そういったぼんやりとした関係性のようなものが見えてくることが多い。

僕は、固有名詞を覚えない。すると、たとえば、「織田信長」という名詞がデータとして記憶されるのではなく、その人の顔とか性格、イメージ、振舞い、行いなど、関連したさまざまなデータがその近くで記憶される。これは、ぼんやりとした雲のようなイメージのものである。

その雲を、僕は「知っている」のである。このようにしてものごとを覚え、理解すると、新しいデータも雲として入力され、もやもやとした煙のようなイメージが頭の中につぎつぎと立ち上る。

人物名を忘れることは頻繁だが、その人物の顔は覚えているし、何をした人か、どんな性格の人かなら話すことができる。名前が出てこなくても、今はネットでキーワード的なものを幾つか入力すれば、たちまちずばりの名称を（読み方や表記法なども）教えてくれる。だから、固有名詞を覚えていなくても、まったく不都合はない時代になった。

このように、雲のような存在として、ものごとを扱う頭は、これまでになかった発想を生みやすい、と僕は感じている。ものの名称で記憶している人には、思いもかけない関連性を、ときどきふと連想し、理解を深める体験がしばしばだからだ。

言葉を記憶するのは時代遅れ

原子というのは、原子核の周りを電子が回っている状態だ。原子という小さな球体があるわけではない。大きさもないし、原子の中も外もない。近づくほど、影響が大きくなるだけである。

それどころか、もっと小さな素粒子からできていることが、近年になってわかってきた。量子力学における「不確定性原理」という言葉を聞いたことがあるだろう。多くの人が、「なにごとも確定はできない」くらいの意味に、この言葉を使っている。とんでもない間違いだとはいえないが、「なにごとも、突き詰めていけば、その核となる大元に行き着くわけではない」くらいの意味なら、そのとおりかもしれない。予定どおりに仕事が終わるかどうかわかりません、というときに使うのは拡大解釈だ。

つまり、物体も事象も、言葉というものでは基本的に表すことはできない。言葉にすることで、それを知ったつもりになっても、実はほとんど知らないのと同じだ。それなのに、言葉を知っていればテストで点が稼げるから、今は大勢が単なる言葉を「記憶」しようとしている。それで「頭が良い」という評価を受ける時代だからである。

そういった言葉を記憶する勉強法では、頭の中を整理・整頓するようなイメージがぴったりだった。ジャンルを明確に分け、記憶するものを選択して、無駄のない記憶をすることが、受験で勝つコツだった。

しかし、これからの時代はそうではない。何故なら、記憶のアクセスは、人間よりもコンピュータやAIの方が勝っているからだ。

記憶の有無やそのアクセスの正確さが試験で問われたのは、そういった仕事をする人間が重宝されたからである。整理された「頭」が優遇されたことが、整理・整頓の重要性が社会に広がった一因となったかもしれない。仕事で役に立つ人間は、出世して社会的により高い立場に行き着ける。具体的には、裕福になれる。そんな結果に結びついていた。

けれども、この種の「頭」は、そろそろいらない時代なのである。この転換期にもう差し掛かっている。

計算や記憶ではなく発想

数十年まえには、正確な計算ができる能力が重んじられた。大勢が算盤《そろばん》を習っていた。僕が子供の頃がそうである。算盤塾にみんなが通っていたし、学校でも算盤の授業があった。しかし、その後計算機が登場した。僕が小学生のときには、まだ十万円もしたし、かなり大きくて重い機械だった。それがたちまち手の中に収まる大きさになってしまい、値段もどんどん下がった。何のために苦労して算盤を習ったのか、と大勢が感じたことだろう。

ちなみに、僕は幼稚園のときに、この算盤塾へ体験入学したことがあった。そこで珠《たま》の弾き方を教えてもらい、先生が読み上げる数を足す練習をした。三日くらい通っただろうか。だが、僕は先生がいう数字を頭の中で暗算し、それを算盤の珠の位置に移していただけだった。暗算した方が速い、と自分で思ったので、算盤塾には行かない、と親に話したのを覚えている。

昔は、計算ができる人が頭の良い人として重宝された。記憶が正確にできる人も、社会的にのし上がることができた。だが、いずれも、機械にはかなわなくなった。これからは、人間の能力としては必要がない。

そして、今のところ、人間に残された仕事とは、発想する頭を使う作業である。その頭は、これまでのような整理・整頓で得られるほどシンプルではないように思えるが、いかがだろうか？

ただし、計算がまったく無駄だとはいえない。

計算は、基本的な頭の動作であるから、頭を動かす訓練をするという意味で有用だろう。ジョギングやウォーキングが健康に良いとされているように、適度に頭を動かすことは、非常に大事だと思う。したがって、子供に計算をさせる教育は、今後も続けられるはずである。

また、記憶も意味がないというわけではない。

発想するために必要な材料の多くは、記憶したものだからだ。空っぽの頭では、発想しようにもなにも出てこない。発想は、関連づけることであり、連想することだ。だから、知識を持っていることは、基本的な条件といえる。ただし、正確な知識である必要はない、という意味で、少し方向性が異なる。雲のようなぼんやりとした記憶の方が、発想にはむしろ向いている。

頭のインプットとアウトプット

記憶する行為のことを「学習」というが、頭にデータを入れること、すなわちインプットである。計算と発想は、学習ではない。このどちらもがアウトプットだからだ。

インプットは、頭に栄養補給するような行為である。いうならば、食べることと同じだ。学習が好きな人は、食べるのが好きな人と似ている。これは習慣にすると、もう学ばずにはいられないほど、楽しくなるようである。学校で習うのは、子供のときには面白いとは感じないが、大人になり、歳を取ってくると、また学びたくなるものである。

学習は、栄養補給であるから、学習するほど頭が太る。だから、適度に計算や発想でアウトプットをしないと、頭の肥満になりやすい。頭が肥満すると、頭の動きが鈍くなる。頭を使うことが億劫《おっくう》になる。面倒なことを考えたくない頭になる。おそらく、こういう頭が、早く老化するのだろう、と想像できる。

知識と教養の違いとは？

ここで、「知識」と「教養」の違いについて書こう。

知識とは、お金でいうと「持合わせ」のようなものだ。今財布にいくら入っているか、今すぐに出せる金額はどれだけか、というのが「持合わせ」である。知識とは、そういうものであり、試験で試されるのは、これなのだ。

一方、「教養」と呼ばれるものは、お金でいうと「資産」のようなものだ。

持ち歩いているわけではないから、その場ですぐには出せない。だが、その人物がどんな行動を取るか、という選択に影響するものであり、いわばその人の「可能性」や「力」に近い。資産がある人は、資産がない人は思いもしないことを、「面白そうだから、やってみようか」と思いつくこともあるだろう。

知識をいくら持っていても、なかなか力にはならない。蓄積する必要があるし、運用するうちにさらに大きくもなる。蓄積・運用するうちに、使い方もわかってくるし、将来の見通しも利くようになる。それが教養というものであり、義務教育を受けたくらいの年代では、教養が身についているとは見なされないだろう。

さて、大事なことは、そういった教養を持つことの有利さである。情報が綺麗に収納されている「知識」だけではなく、過去の体験から関連した未来予想ができることが、「教養」というものの本領だろう。それは、コンピュータによる統計的なデータからのシミュレーションで得ることは、まだ難しいものだ。いわゆる「先見の明」と呼ばれる能力であり、人間にこれができるのは、ちょっとした観察からの発想による場合が多い。

経験を重ねる必要はない。たとえば、過去になかった分野であれば、誰も経験していないのだから、経験豊かな人は存在しない。そんなジャンルでも、ものを見通す才能は現れる。おそらくは、まったく別のものからの連想か、あるいは本当に奇跡的な思いつきに端を発しているだろう。それらは、もの凄く小さいものだったはずだ。それを見逃さなかったのが、既成データや常識に支配されない人間に固有の能力と思われる。

発想はリラックス時に生まれる

では、その発想力を育てるためには、どうすれば良いだろうか？　どんな環境が、発想に適しているのだろう？

とりあえず、部屋の整理・整頓とは無関係かもしれない。部屋が片づいていたって、散らかっていたって、発想にはあまり影響しない。むしろ、散らかっている方が、沢山のものが目に入る環境なので、ふと思いつくことが多いかもしれない。僕の工作室の散らかり方は、この面では効率が高い。

また逆に、発想にはリラックスできる環境が必要であるから、整理・整頓されている環境が大事だ、という意見もあるだろう。多くの発想は、緊張ではなく、のんびりと寛《くつろ》いでいるときに生まれやすい。だから、時間に追われた作業から離れ、コーヒーを飲んだりするのは有効である。ＩＴ企業の多くが、こういったスペースを社内に取り入れているのは、この効果が認められるためだろう。

僕自身、研究者のときに経験しているが、重大な発想は、忙しい時期ではなく、それらが一段落し、頭を切り換えたときに生まれることが多かった。一番多いのは、飛行機や列車に乗っているときに思いつく体験である。これは、学会や国際会議へ出向く途中だった。そういう機会というのは、直前まで非常に忙しい。なんとかそれらを切り抜け、移動の時間になるわけで、緊張が緩む瞬間なのだ。

リラックスが必要なのは、重要なポイントであるけれど、リラックスするためには、緊張した時間がなければならない。ただ、ぼうっとしているとか、朝布団から出られない状態では、リラックスしすぎだ。緩急、すなわちメリハリがなければならない。

教養は非合理な環境で育つ

また、発想をするためには、無関係なデータも必要である。必要なデータだけ学んでいれば、スペシャリストにはなれるかもしれないが、斬新な発想は生まれないといっても良いだろう。

この頃は、なんでも検索ができるし、そのものずばりの知識が簡単に得られる。それで問題が解決できた、と喜んでいる人が多いようだ。昔だったら、その問題を解決するために、いろいろな情報にアクセスした。関連する書籍も読まなければならなかった。どこに求める情報があるのか、わからないからだ。しかし、探す過程で出合う雑多な情報があった。目当てではないから、すぐに役には立たない。そして、いずれはこれらが効いてくる。このように、かつては、最初から雲のようなぼんやりとした知識を得ることが多かったのである。これが、教養というものになるし、新たな発想が生まれる土壌となった。

「ずばり役に立つものだけで良い」「役に立たないものは、さっさと捨てましょう」というのが、合理化であり、今流行の断捨離である。

しかし、教養というのは、「役に立たないものなど一つもない」という精神が育むものだろう。どんな知識も、どんな理屈も、一旦は取り入れる。また、どのような意見にも耳を傾ける。役に立つか立たないかを判断する必要はない。自分なりに、ぼんやりと把握していれば良い。

いつでも取り出せる正確さもいらない。忘れてしまうなら、忘れれば良い。なにかの機会に、「えっと、たしか、なにかそれらしいものが、このまえあったな」と思い出すだけで価値がある。それから、また調べ直せば良いのだ。

多くの場合、忘れてしまうようなものは、それだけ印象が薄いわけで、結局は大したアイデアではないか、熟成されていないかのいずれかだろう。そういう場合は、一旦忘れてしまうのがよろしい。熟成した頃に、ふと思い出すことになるからだ。

判断とは妥協である

社会人になれば、一般に、学校であったようなテストはない。答がすぐに出てこなくても、この社会で生きていける。大事なことは、むしろすぐに答を出さない姿勢だ、と僕は考えている。もしできるならば、すべて保留にすれば良い。判断は先延ばしにすれば良い。白黒はっきり決める必要などない。

もちろん、それをしないと困る事態も、たまにはあるだろう。そんなときは考えて、「しかたがない、こちらにしよう」と決める。この「しかたがない」とは、じっくりと考える時間が今はないが、決めなければならないから、とりあえず決めた、という妥協の言葉である。つまり、判断をしたときでさえ、絶対にそちらだ、と断定しているわけではない。ここが重要だと思う。

たとえ自分が決断して実行したことであっても、いつも半信半疑で良い。のちになって間違っていたと判明したら、いつでも正すこと。「あのときは間違っていました」と謝って、意見を覆《くつがえ》せば良い。そういう素直さが「本当の教養」であり、人間の大きさではないだろうか。一度発言したことには責任を持たなければならないが、それは、絶対に覆さないという頑固さではない。いつでも柔軟に、対応する姿勢が正しい。

頭の中が整理されていないと、即座に決断できない、と思っている人が多いかもしれない。それは、自分の立場を早くどちらかに決めて、その問題から離れたい、という欲望から来るものである。

立場を決めれば頭は空っぽ

頭脳は、考えることで沢山のエネルギィを消費するから、できるかぎり考えないようにしたい。頭が疲れないようにしたい。そういう本能があるから、てきぱきと判断して、自分の立場を早く確立しようとする。これが、判断を急ぐ理由である。いわば、考えることからの逃避なのだ。

しかし、ものごとはそれほど単純ではない。必ずミスがある。失敗をして、後悔することになる。「失敗を恐れるな」という言葉がよく聞かれるところだが、一度判断したら、思い切って実行するしかない、というアドバイスであって、判断する段階では、失敗を恐れないのは危険な指向といえるだろう。こうした楽観が、どれだけ大きな不幸を招いたことか。

「頭の中を整理する」というのは、数ある問題に対して、自分の立場がどちらかを決めることではない。ここを多くの人が勘違いしているのではないか。むしろ、その逆である。どんな問題についても、自分がどちらの立場なのかを決めない。保留する。そのためには、頭の中が理路整然としている必要がある。

どういうことか？

立場を決めれば、自分はこちら側、こちらが味方だ、という認識をし、同時に、むこう側は敵であり、そちらの理屈に耳を傾ける必要はない。無視すれば良い。自分たちは絶対的に正しいのだから、これ以上議論の必要はない。したがって、新しい情報を取り入れることもない。こういった状態になると、頭の中は空っぽと同じである。まるで、片づいている部屋のようになにもない、すっきりとした空間がイメージされるだろう。だが、それで本当に良いのだろうか？　それが、使える頭だろうか？

立場を決めない柔軟な思考

一方、立場を決めない姿勢とは、どういうことか。

問題を処理しないまま保留にするためには、多くのデータをそのままに保存しておく必要がある。白黒つけたいのが人情（本能）であるけれど、それをあえてしないために、常に問題を抱えたままにするということだ。

このような立場を取ると、普段は、「現在のところは、五分五分です」とか「八割方は賛成だが、反対も二割はある」というような情勢判断を自分に対して行うことになる。そして、新しいデータが手に入ったり、環境が変化したり、自分の価値観が変わることで、これらの判断も修正され続ける。

「百パーセントこちらだ」と判断をしていても、それを絶対視しない。それで終りにはしない。覆る可能性はゼロではない。そういった立場を取ることが、人間としての深みになるだろう。

もちろん、議決があったり選挙があったり、時間的な理由で、いちおうの決着をつけなければならない機会はたびたび訪れる。だが、それはその時点での判断であり、それが自分の最終結論ではない、という意識を持っていることが大事だと思う。

人は、若いときには、ほぼこのような態度を取っているものである。経験が浅いから、判断ができない。自分はまだ大部分を知らない、という不安の中にある。だから、周囲のみんなの意見を聞き、いろいろなものを見ようとする。自分の将来をできるかぎり良いものにしたい、と願っている。あらゆる可能性を持ったままでいたい。ちょうどゲームで、正体不明のアイテムがあったとき、いつかこれが役に立つのではないか、という積極的な気持ちで扱うように、あらゆるものを自分に取り入れようとする。もちろん、若い頭は沢山のものを収納するスペースを持っているし、柔軟性のある思考ができるのも、若いからである。

だが、歳を重ねることで、その柔軟性も積極性もしだいに失われるようだ。

その一番の理由は、自分の将来の可能性が小さくなったことだろう。今さら、人生そんなに変わるものではない、という見切りをつけているから、なにかの役に立ちそうだという程度では興味が示せない。もっと確実に、しかも今すぐに役に立つものしか取り入れようとしなくなる。もっと酷い状態になると、すぐに役に立つとわかっていても、もう新しいものを取り入れることが面倒だ、という場合もあるだろう。

このような老化による頑なさというのは、頭の整理・整頓が必要だというレベルのものではない。まるで、頭の中でいろいろなものが溶け始めて、お互いに癒着《ゆちゃく》してしまっているようなイメージだ。長年使わない機械類が、オイルが固着して、動きが渋くなるのに似ている。

頭を働かせるには?

つまり、頭を整理・整頓するよりも、頭を使うことの方が効果がある。いつも頭を動かしていれば、回転数が歳とともに低下する傾向があるにしても、止まるようなことはない。その意味でも、判断をいつもするように気をつけること。すなわち、自分の立場はこちらだと決めつけないで、常に周囲の条件などを評価し、新しい判断をする姿勢が、頭を使い続けることにつながる。

頭を使うって、何を考えたら良いのか?

そう思う人は、既に頭が固くなっていると思って良い。

頭というのは、いつでも働くものである。たとえば、子供は、なにをしても頭で考える。ところが、年齢を重ねると、しだいに無意識に動けるようになっていく。これはいわゆる自動化であり、合理化ともいえる。頭で考えなくてもできるようになってしまう。

一例を挙げれば、歩くことは、あまりにも日常だが、頭で考えながら歩いている人はいないはずである。右足の次は左足を出そう、と考えて歩いている人はいない。右へ曲るときに、足をどう運べば良いかも、まったく無意識である。このように、その行為に慣れてしまうと、頭を使わないようになる。

逆に、慣れないことをすれば、頭が働くということだ。なにか新しいことを始めれば、頭が自ずと使われる。どんなジャンルでも良い。どちらかというと、自分が得意でないことの方が良いかもしれない。その方が頭を多く使うからだ。

学習することも、一時的に頭を使うが、すぐに慣れてしまう。授業を聴いているうちに眠くなった経験があるだろう。これは、頭が止まりたがっている証拠だ。インプットするものに新しさが欠けていると、そうなる。

頭のスキルを磨くには？

「どんなものにも興味を持とう」と言葉でいうのは簡単だが、実際は非常に難しい。興味は、自分の意志で湧き上がるものではない。だから、自分がどんなものに興味を示すのか、日頃からよく観察している必要があるだろう。そういう方向へ上手く自分を向けることで、興味が湧き、眠気が覚め、頭が回り始める。

さらに、新しいことを始めると、自分の周辺を整理・整頓したくなるかもしれない。これは、多くの人に観察される傾向の一つだ。友人から、「新しいことを始めたから見にきて」と誘われて出かけていくと、部屋の様子ががらりと変わっていることが多い。

新しいことを始めたときに、頭の中だけではなく、作業をしている部屋など、環境を変えたくなるというのは、やはり思考の具現化のような欲求が人間にある証拠ではないだろうか。

このような習性がそもそもあるから、部屋を片づけることで、気分が一新する効果が表れるのかもしれない。僕は、どちらかというと、頭の方がさきで、現実世界の環境はあとで良いと思っているが……。

最後に一言だけ。

頭のスキルというのは、どうすれば磨かれるのか。

この方法は一つしかない。それは、頭を使うことだ。使っているうちに、磨かれるもの。それがスキルである。

人間関係に必要な整理

第4章

人間関係の断捨離

物体を整理すること、思考を整理すること、についてここまで書いてきた。本章では、人間関係を整理・整頓することについて書こうと思う。

人間関係というのは、何なのか？

もちろん、いろいろなレベルがある。自分以外の他者と自分の関係のことだが、まず血縁者がいて、次に恋人や伴侶がいて、家族や身内がいる。仕事をすれば、その仕事関係で沢山の他者と関係することになるし、遊びでも、やはり遊び仲間が自然にできる。これらは、個人の成長とともにシフトしていくものだが、過去の関係もなんらかの形で続くことがある。ときどき電話をするとか、年賀状をもらうとか、その程度の関係もある。疎遠になるほど、他人に近づいていく。ただ、他人であっても、仕事で一時期関わる他人もいるし、大勢が暮らす都会に住んでいれば、毎日自分のすぐ近くに立っている人、歩いている人がいるはずである。

まえがきにも書いたが、「終活」のために「断捨離」を考えている人は、まず人間関係を整理すべきだろう。人間関係をきっぱりと切って、誰とも無縁になっておけば、葬式に誰も呼ばなくても良く、つまり葬式をしないで済む。断捨離とは、そういうものではないだろうか？

人間関係の価値を評価する

人間関係は、部屋に溢れる物品のように片づけられるものだろうか？

それは、本人の覚悟次第だ、と僕は考える。

人間関係は、結局は自身の中に取り込めない知識のようなものだ。大勢の人たちと知り合っていれば、相談できる範囲が広がり、困ったときに助けを求めることもできるだろう。そういうものを「財産」だと昔はいったのである。なんとも、いやらしい価値観だと僕は感じる。打算的である点がいやらしい。「友達は財産だ」も、しばしば聞かれる台詞《せりふ》だが、友達を財産と比べることが、もうだいぶ卑《いや》しいと思える。財産などどうでも良く、ただ、その人と会っていれば楽しい、そういう楽しい時間を共有することが、人間関係の基本であり、困ったときに助けてもらえるといった「損得勘定」を持ち出さない方が明らかに上品である。

僕は、少なくとも他者をそういったふうに評価し、自分の中で整理をしているつもりである。つまり、損得ではなく、その人間と会うことが楽しいかどうか、という観点が基本だ。これは、こちらから見たときの「価値」である。会う価値、つき合う価値、知合いでいることの価値があるかどうかだ。当然ながら、むこうもこちらに対して、なんらかの価値を見出すだろう。そこが、問題だ。両者が価値を得ているうちは、その人間関係は自然に継続するし、いわゆる「良い関係」と評価されるものになる。

これが、一方通行になると、やや不安定な関係となる。片方が価値を感じていても、相手はそうは思っていない。ニュートラルならまだ良いが、重荷に感じる場合は、関係が捩《ね》じれてくる。こういった場合に、それこそ金銭的な対価でバランスを取るような関係に陥りやすいので注意が必要である。

片方から見ると、人間関係を金で買っている状態になる。逆から見ると、単なる仕事の関係になる。実は、この交換も人間社会には普通に存在している。このような人間関係を、友達であるとか、仲間であるとか、そういった精神的なつながりとして勘違いしなければ問題はない。だが、どういうわけか、この勘違いが非常に起こりやすく、数々のトラブルになっているように見受けられる。

社会における人間関係

人間関係は、若者にとっては極めて難しい対象といえる。まず、生まれたときから家族の一員である場合がほとんどであり、それに加えて、親とつき合いのある他者が、自分の意志とは無関係に関わりを持ってくる。近所の人とか、あるいは親類縁者が、これに当たる。そういった人間関係は、本人が意図して構築するものではない。最初から受け入れることが当然のように充てがわれる。押しつけられるといっても良いだろう。

また、幼稚園や小学校の集団生活で、他者との関係を持つことになるが、これらも、ほとんど選択の余地はない。自分の自由意思で、選《よ》り好みはできない。受け入れるしかない人間関係といえる。

しかし、年齢が上がるにつれて、少しずつ自分の意志で人間関係を築くようになる。「意志」というほどのものはなく、単なる成行きかもしれないものの、少なくとも拒否しないものは受け入れたことになっていくだろう。拒否したくても、できない場合もあるかもしれない。それは良い関係とはいえないものになる。

成人し、社会に出ても、学校とさほど変わりはない。人間関係は自由には選べない。しかし、学校や大学に比べると、自分の生活を選べるようになっている点で、基本的な拒否権を約束される。成人とは、この拒否権のことだと考えても良い。どうしても嫌なら、会社をいつでも辞められる。どこへ引っ越しても良い。ただ、経済的なバックアップがあれば、である。人間関係は、生きていくためには、多少の妥協が必要なものと考えることもできる。少しずつだが、仕事以外でも人間関係を築くことが一般的で、友人であったり、あるいは恋人であったりするだろう。

社会で生きていくためには、人間関係を良好に保つことが要求される。空気を読み、仲間の中に入り、溶け込んだように振る舞わなければならない。これは、そうしないと他者から敵視されるからだ。仲間ではないものは敵だ、という本能的な感覚を、ほとんどの人々が持っているためである。

社会に出た若者の悩み

他者と協調した方が得だ、という本能は、遺伝子として受け継がれてきたものであり、人類が集団生活を始めたときから育まれたものだろう。今でも、社会で生きていくノウハウは、マナーや常識として、あるいは場の空気として健在である。

現代は、昔とは環境がずいぶん変化している。まず、法律というものが支配的になった。人権が尊重されるようになったし、個人の自由が基本的に認められるようにもなった。それでも、集団の中で孤立しないように、人々は人間関係に神経をすり減らしている。

仕事が辛《つら》いという悩みを、僕は若い人から何度も聞いた。大学を卒業して就職したあとのOBたちからだ。どうして大学の先生に相談をするのかというと、就職のときに話をしたから、あるいは卒論などの指導をしたからだが、それは、薄い人間関係でしかない。だが、彼らは、親にも友人にも相談ができない。まして会社の上司や同僚にも打ち明けられない。そういった悩みを持っていた。

いずれも、仕事が辛い、忙しすぎる、という話から始まるのだが、結局は上司と上手くいかない、などの人間関係の悩みが最終的には出てくる。多くの場合、問題は職場の人間関係に起因している。大学では、先生は上司ではない。相談役のような立場であり、学生が失敗をしても、叱ったりはしない場合がほとんどだ。少なくとも、僕は一度も叱ったことはない。

だが、会社では、そうではない。ミスをしたら叱られる。社会ではそれが当たり前なのだ。だが、この頃の若者は、叱られることに慣れていない。まるで自分の人格が攻撃され、生きることを否定されたように捉えるのだろう。

深刻な様子で相談に来るのだが、僕は話を聞くだけで、口出しすることはしない。自分で考えて決めることだ、というのが基本的な立場だった。ただ、仕事というのは、嫌ならいつでも辞めれば良い、そういうものだ、と話すことにしていた。大袈裟《おおげさ》に考えず、無理をしないことである、と。

つまり、このような基本的な考え方こそが、人間関係を整理・整頓することだといえるのではないか、と今になって思う。その当時は、自分が話すことで、相手が傷つかないように気を遣っていただけかもしれないが、その整理をするのは本人であるとの認識は、今でも正しいと考えている。

会社を辞めることは恥ずかしい?

会社に対して個人的な借金があるとか、お世話になって借りがあるとか、そういう立場で就職をするのではない。仕事をすることで、賃金をもらう。日々この交換をしている行為が仕事である。

自分が差し出すものと、自分が受け取るもののバランスが取れていれば、仕事を続けられる。もし、受け取るものが多いと感じたら、それは幸せな状況だが、もしかしたら、いずれ借りを返すような場面が訪れるかもしれない。でも、契約していなければ、いつでも辞められる。まったくの自由だ。

ただし、仕事を辞めると収入がなくなる。これがデメリットである。それ以外にはなにもない。ところが、若者の多くは、仕事を辞めることが、周囲に対して格好の悪いことだ、という認識を持っているようだった。恥ずかしい、と感じるわけである。

たしかに、はりきって入社したわけだし、周囲からも沢山の祝福をもらったのだろう。期待されている、と感じることもあったはずだ。その手前、やり遂げられなかった、という自責があるというわけである。

最近では、この感覚はやや弱くなったように思えるが、かつての日本では、「会社を辞めた」というだけで、人格的に不充分な部分があるのか、と疑われたものである。それは、「留年」でもそうだったし、「離婚」も同じく、非常にマイナスな印象を周囲の人々に与えたものである。

そもそも、これらの「世間体《せけんてい》」という評価要素が、人間関係の最たるものかもしれない。この場合、自分の周囲の集団における自分に対する評価を、各自が自覚している、という意味だ。「恥ずかしい」と感じるのが、この世間体である。恥ずかしいことをすると、「世間体が悪い」となる。

社会の人間関係は整理されてきた

世間体というのは、かつての日本に存在した「村社会」では、絶対的な価値を有していた。周囲から信頼され、頼りにされることが個人のアイデンティティだったし、反対にそれが得られない者は「村八分」となり、その場所での生活が事実上できないような仕組みになっていた。これが、現代では「空気を読む」という文化として残っているものだ。

現代でも、田舎へ行くと、そういった風習は残っているようだ。ときどきそれらしい話を耳にする。たとえば、農業を営むならば、皆が共同で水路などを使用するので、村八分になることは、致命的な痛手となるらしい。しかし、都会では、そんな風習はもうほとんど消えている。

隣近所とのつき合いも、都会ではほとんどない。その種の村社会から逃れたい人たちが都会に出てきて暮らしている、ともいえる。各自が自由であり、また個人の権利を主張できる。誰とも挨拶しない人間でも、普通に暮らしていける。口をきかなくても、コンビニで商品を売ってもらえないわけではない。働けば賃金が得られ、その金を何に使うのかも自由だ。

人間関係は、こうして時代とともに整理・整頓されてきた、といえる。かつては、家庭の中でも、難しい人間関係があったし、外に出れば、村があった。また、先祖代々の因果があり、複雑な関係が、生まれると同時に個人の人生に少なくない影響を与えた。いわば、人間関係が絡み合い、散らかった状態だったのだ。

法が整備され、あらゆるものが制度化されることで、それらが整理・整頓されてきた。たとえば、相続はどうするのか、身内の関係に至るまで法が支配する世の中になった。村の仕来《しきた》りよりも、法が優先される。理不尽な支配や仕打ちを受ければ、法に訴えることができ、社会に保護してもらえるようになったのである。

義理と人情という柵

したがって、人間関係を整理・整頓することは、今では個人で行う必要はない。基本的にはそうである。だが実際は、まだそこまで割り切ることは難しいだろう。

一言でいうと、「義理」というものが存在している。これは、法律で定められたものではないけれど、歴《れっき》として日本人の人間関係を支配しているといえるものだ。

義理とは、「人として守るべき正しい道」と辞書にあった。「道徳」にも似ているかもしれない。また、「義理と人情」というように、セットになって用いられることも多い。非常に説明が難しい言葉である。

ある人の世話になった過去があるとき、「あの人には義理がある」と話したりするが、これは、報いなければならない関係にある、という意味だ。いうなれば、もらったものがあれば、返すのが人の道だ、といったところか。ただ、なにか具体的に金を借りたといった契約ではない（そういった場合も含まれるかもしれないが）。

だから、田舎を飛び出して、都会に出てくることは、故郷の義理を振り切ってきた、ともいえるのである。「べつに、世話になったわけでもない」と本人は思っていても、むこうは先祖の頃からの恩義を持ち出すかもしれない。なかなかに難しい概念なのである、と書けばやや斜《はす》に構えた揶揄《やゆ》となるか。

社会が近代化し、都市化した。これに伴って、人間関係は整理・整頓されたといっても良いだろう。制度化され、法律化された。もちろん、常識もそれに伴って変化している。昔は当たり前だったことの多くが、今では非常識になった。

むしろ、個人の価値観の方が、この急速な変化に対応できていないかもしれない。社会が整備されても、どことなく、田舎に郷愁を感じ、人情の温かみのようなものに、理由もなく憧れる。

原始社会から都市化へ

つい最近になって、インターネットが突然現れ、人々がそこに吸い込まれた。せっかく古い柵《しがらみ》を切り、都会に出てきた人たちが、あっという間にネット社会の「村」に取り込まれた。どこにいても、いつでも連絡ができる、という利点が、柵や絆という人間関係を復活させたのかもしれない。

フェイク情報に影響されたり、赤の他人に腹を立てて炎上させたり、といった現象は、かなり古いタイプの人間関係に酷似している。近代社会は、そういうものを排除したはずだが、何故復活したのだろうか？

もちろん、個人にまだ「つながっていたい」という未練があったからである。都市化することで、集団から離れた不安が、個人の中で燻《くすぶ》っている。これが、ネットによって、再び燃え上がったのだ。

太古の時代、人間は集団を作った。そうすることで、敵対する勢力に対抗し、また野生動物を排除することができた。生きるために必要な条件だったのだ。

個人で活動しているときには、自分の体力と知恵だけが頼りだが、集団生活になると、周囲の人間と協調することが重んじられる。自分勝手な者は排除される。排除されれば、途端に生きていくことが困難になる。そういう時代を長く経験するうちに、協調タイプの人間が増えてくる。したがって、周囲の人間たちの顔色を窺うのは、この時代では生きていくために必須の能力だった。

ところが、つい最近になって、個人主義が世界中に広がった。人権が重んじられ、自分勝手であっても、他者に迷惑をかけないかぎり許容しよう、という社会が構築された。これが実現したのは、大勢が力を合わせるような事態がなくなった、すなわち封建的な権力機構が衰えたからである。その背景には、エネルギィを用いる機械化があった。いわゆる産業革命である。

こうして、ここしばらくは、個人の自由を謳歌できる時代になった。思想にも、あるいはファッションなどの生活様式にも、これらが取り入れられ、核家族化し、都市に人が集中するようになった。

都市は整理・整頓の具現化

この様子は、まるでばらばらに散らかっていた人間たちを、都市という名の収納スペースに片づけたみたいなものである。

もちろん、「都市」という装置が、そもそも人間の頭脳の理想を展開したものであり、自然を排除するシステムといえる。都市には、自然がない。自然は不確定なものであり、災害をもたらす危険がある。だから、徹底的に自然を遠ざけて、すべて人工的なもので人間が活動する場所を作ってしまおう、と考えた。その結果が都市である。

集中し、密集することで高効率を得る。これは、集積回路と同じ理屈である。お互いのアクセス経路が短いことが、効率を高めるからだ。構造は多層化し、平面から立体へシフトする。

思い描いたままのものが、現実に形になることを、人間の頭脳は喜ぶ。「思いどおりになる」とは、すなわち「自由」である。社会は、この実現のために、動いているのだ。

住宅だけを見ても、それがわかる。かつての村は、山から流れる川の周辺に作られた。人間が生活するためには水が必要だったからだ。しだいに、人口が増すと、大きな川の河口付近に街ができる。川や海が、木材などを運んだ。木材は、エネルギィ源だった。また、川原の平たい土地は、農耕に適していたので、大勢の食料を生産することができた。

科学が発展すると、水は遠くまで送れるようになり、エネルギィは電線で伝えることが可能になった。これは、つい最近のことだ。

人が集中すると、経済が活性化する。住宅は、山を切り開いて建ち並ぶようになり、さらにその後は高層化してマンションとなった。同じタイプのものは、同じところに収納する、という整理・整頓の基本が、ここに表れている。

個人の生活は郊外の住宅で、また仕事は都心の会社で、そして両者は鉄道で結ばれる。そういったデザインがなされ、そのとおりに大勢が生活する都市になる。

「デザイン」とは、日本語の「設計」の意味である。都市は、効率を高めるためにデザインされ、大勢の人間がそこに高密度で収まった。都市デザインは、整理・整頓の方針をさまざまな階層で具現化した。こうして出来上がったのが、現代の片づいた社会である。

人間関係のデザイン

人間関係も、社会的にデザインされたものとなる。社会の効率を高めるために、個人の人間関係のあり方も、だいたいの方向性が決まっている。それがマナーになり常識になる。それがわからないと「空気が読めない」と非難される。

数十年まえには、経済が立ち上がった時代だったので、企業が利益を上げることが最重視された。ここでは、集団の勝利のために献身する古来の人の本能が利用された。日本であれば、「企業戦士」といった言葉まで流行した。けっして悪い意味ではなかった。揶揄するのでもなく、むしろ個人を鼓舞《こぶ》するために謳《うた》われた。「二十四時間、戦えますか?」という宣伝を覚えている方も多いと思う。それが商品のイメージをアップさせるためのキャッチコピィだった時代が、つい最近のことなのだ。

ところが、個人が尊重される社会が作られようとしているのに、優遇され豊かになっているのは企業だけではないか、という反発が生じ始める。近年は、その修正が盛んに行われている最中だ。あらゆるハラスメントを排除しようとしているし、職場環境も改善する規制が広がりつつある。

がむしゃらに働いて富を得た人がいたかもしれない。ある幸運でのし上がった人もいるだろう。逆に、大勢は少しずつ搾取《さくしゅ》され、格差の問題がクローズアップされた。これを、税制や福祉などの制度によって改善していくのは、俯瞰《ふかん》すれば、均質化であり、整理・整頓とは逆の方向性といえるが、あまりにも急速な片づけに、人間がついていけないからである。

集中系から分散系へ

ネット社会があっという間に広がったのは、都市化よりも少しあとのことだ。大勢の人間が一気につながることが可能になった。世界中にいる人間は、自分の周囲よりもはるかに大勢であり、劇的に視野が広がった感覚を人々に与えただろう。

インターネットのストラクチャは、これまでの集中系ではなかった。人間が作ったもののほとんどは、樹木のように、幹があり枝があり、その末端に葉がある、という集中系のシステムだったのだが、ネットは完全な分散系であり、社会の構造とも異なっている。

ただ、人間の頭の構造には、分散系が近いかもしれない。人間の頭脳は、図書館の分類のように整理はされていない。このようなランダムなアクセスを許すストラクチャは、コンピュータが登場するまでは、効率的な問題から実現が不可能だったのだ。

インターネットが一般に普及し始めたのは九〇年代初めであるが、このとき僕が感じたことは、「社会の秩序が乱れるだろうな」というものだった。個人どうしが勝手につながることは、社会に存在するあらゆる枠組みを破壊する可能性がある。たとえば、国とか、地方とか、会社や集団、あらゆるフレームを、である。

属性は一つというシステム

それまでは、ある枠組みに属すれば、他の枠組みには属せない、という暗黙の了解があった。これは「集中系」のストラクチャの基本だ。どこかの国の国民なら、ほかの国の国民ではない、という具合である。さらには、個人は、一つの職業に就き、一つの家に住む、という枠組みもあった。

今でも、個人の名前は一つだ。すなわち、個人は一人だと規定されている。

だが、どうして一人でなければならないのか、別の一人を立ち上げ、別の仕事に就き、別の生活をすることはできないのか、という疑問を、今の若者なら持つのではないだろうか？

ネットでは、このような二重登録が簡単に実現する。個人が複数のアカウントを持つことができ、複数の人格を装える。そこには、個人の可能性を広げる自由がある。むしろ、現実でそれが不可能なことが、いずれ不自然となりそうである。

一例として、図書館に並ぶ本の分類を思い浮かべてみよう。図書館の蔵書には、分類コードなるものがあって、そのナンバのシールが貼られているはずだ。ある本は、どこか一つのジャンルに分類されなければならない。だが、複数のジャンルに跨《また》がるような本は、困ったことになる。どちらかへ入れなければならない。本を探すときには、そのジャンルの書棚へ行けば見つかるわけだが、このようなクロスオーバな本は、見つからない可能性が高くなる。

今は、本をコンピュータで検索できるシステムが普及している。キーワードなどで探せば、どの書棚にあるかを教えてくれる。とても便利だが、これが可能になったのは、コンピュータが普及したからだ。それ以前は、どうしていたのだろう？

二つのジャンルに跨がる本がある場合、一方に本を置き、もう一方には、本のタイトルを記した箱を置いておけば良い。その箱に、本体はどこにあるかが示されている。コンピュータ上では、エイリアスというファイルがこれに当たる。

人間関係の昔と今

こういった話からわかるように、片づける、整理・整頓をする、という行為には、デザインされた方針が前提となっている。ここが、ただゴミを排除し、汚れを取り除くだけの掃除とは異なっている点である。

社会がこのようにネット化し、多層化、複雑化してくると、当然ながら、人間関係もそれに応じたものにならざるをえないだろう。昔の人間関係は、今の人間関係とは違っているはずだ。

昔の農村であれば、その村の一員として生きるしかない。家庭内の人間関係と、村の他者との人間関係の二層しかない、といえるかもしれない。この時代には、生きることは大部分が労働であり、働くことが生きることに直結していた。したがって、人間関係は仕事上の関係だった。誰に従えば良いのか、誰に逆らってはいけないのか、という単純なルールを守っていれば良かった。これが、封建社会の基本的なシステムである。

家庭内でも、こうあるべきだというルールが、だいたい決まっていた。それらに従うことが、生きる方法だった。上手く対応していれば、周囲からの協力や援助が得られる。どのように生きようか、と考える必要はなく、どう生きるかが、ほとんど決まっていた時代だった。

現代人は、多くの自由を手に入れた。自分が好きなように生きることができる。そのかわり、どう生きるかを、自分で考えなければならない状況になった。もちろん、考えられない人たちをサポートする人も大勢いる。世の中には、そういった世話を焼く人がいるものだが、最近では減っていることだろう。

人間関係の多層・多用化

僕が生きてきた期間だけでも、いろいろな変化があった。かつては、結婚をしないことは普通ではない選択だった。結婚しなければ一人前だと見なしてもらえなかった。だから、親戚や近所の人が、見合いの話を持ってきたし、もちろん親も熱心に相手を探しただろう。

今では、結婚しない人が非常に増えて、周囲からそういった圧力を受けないようになった（圧力をかけることが、違法に近づいてさえいる）。

昔は、大勢が均一な生活をするようにデザインされた社会だったが、今はそうではない。ランダムになるような方向であり、これは分散系のネットの仕組みにも類似している。

個人の人間関係は、今後も限りなく多様化、多層化するはずである。その限界は、個人の頭がついていけるところだ、と思われる。認識できるうちは、自由に複雑化するはずである。人間の頭脳の限界以外には、これといった障害がないからだ。

この状況自体を、僕は「悪くない」と感じている。このようなランダムで複雑なストラクチャは、人工的ではなく、むしろ自然に似ている。自然の生態系は、人間の理解を超えるほど複雑で、あらゆるものがリンクし、しかもどこにもグループらしきものを形成しない。一つのものが一箇所で増えることを、自然は嫌っているようにさえ見える。まるで、ランダムに広がるようデザインされたみたいだ。

自身の価値観を整理・整頓し更新する

だから、新しい人間関係は、人間の頭が考え出した「人工」のように片づいてはいない。明らかに、散らかっているのだ。

現在は、過渡期にあって、この新しい秩序（あるいは無秩序）に、人間の頭脳がどう適用しようか、と考えているところではないだろうか。

新しい人間関係に、古い価値観を押しつけるのが、「炎上」など、局所的に発生する「皺《しわ》」ではないか、と僕は感じている。片側に伸ばしすぎるから、別の方向に皺が寄るのだ。

いつから人はこんなに周囲を気にするようになったのか、という疑問も、ネットを観察すると、さまざまに目撃されるところである。だが、いつからではなく、古来人間は周囲を気にする動物として進化してきたのだ。ただ、今はその「周囲」が、爆発的に広がった幻想を見せられている、という点が特異といえる。

「いいね」や「フォロア」の数が気になる人が多いようだが、それはその「数」という一つの存在であり、けっして実際に大勢に影響されているわけではない。

人間関係も、まずは自身の思考、自身の価値観を、きちんと整理・整頓したうえで、常に更新し、修正し、再認識していく必要が、これからはあるだろう。人間は長生きするが、時代の変化は速くなっている。個人が何度もリセットしなければ追いつけない時代になった、といえるかもしれない。

第5章

自分自身の整理・整頓を

問題の原因は自分の理想にある

整理・整頓は、普通は身の周りのもの、多くは物質が対象である。ここまで述べてきたように、実は、ものだけではなく、環境や人間関係など、概念的なもの、あるいは自身の思考に関わる問題ともいえる。

どうして自分は思いどおりに生きられないのか、と悩む若者が多い。僕も、それに近い相談を受けたことが幾度かある。おおむね、理想が高すぎるというのが結論だったが、もう少し噛み砕いて表現すると、理想と現実を多少なりとも摺《す》り合わせる努力をした方が良い、と感じたことが多かった。

悩みというか、個人に立ちはだかる問題というのは、その人の理想と、その人の周辺の現実との間に生じるギャップのことだ。

理想というのは、こうあってほしい、こうありたい、このようにことが運んでほしい、あの人はもっとこうあるべきだ、といった希望、願望に根差している。なにしろ、その理想の中には、自身だけではなく他者にまで、どう考えるべきだ、どう行動すべきだ、と要求するようなものまである。それはまるで、人を操る殿様か催眠術師のような能力を想像させる。そんな範囲にまで自分の理想を持つこと自体に問題があるのだが、残念ながら、それに気づく人は非常に少ない。

願うだけなら自由だろう、と考えているのかもしれない。だが、願うものが基準となって、現実を見てしまうから、不満が生まれる。ストレスとなる。その被害を受けるのは、自分自身なのである。

理想と現実のギャップを埋めるには

一方の現実も、実は一般に認識されている現実ではない。その個人が観測したものが、その人にとっての現実になる。これはしかたがないといえば、そのとおりだ。しかし、その観測にも、感情的なものが紛れ込む。勝手に解釈している場合もあるだろう。実は、きちんと観測せず、想像で現実を作り上げている場合も少なくない。そうなると「妄想」に近づく。

理想と現実のギャップを、人は問題だと認識する。不満を感じ、なんとかしたい、と思う。理想と現実が一致することが、「自由」であり、その人の頭が一番喜べる状況だからである。

問題を解決しようとすると、二つの方法がある。一つは、理想を修正することだ。高望みしすぎている、と反省し、もう少し現実味のある理想に変更する。そうすれば、なんとか現実と折合いがつくかもしれない。

もう一つは、現実を修正する方法だ。これは、簡単ではないが、正攻法といえる。理想に向かって努力をし、方法を工夫するとともに、可能なあらゆる手段を駆使して、ものごとを成し遂げる。これで、もちろん問題が解決する。

それ以外にも、現実が観測による虚像であることを認識し、その観測が正しいかどうかを確認することで、問題が解決する場合もある。すなわち、問題が解決するというよりも、実は問題ではなかった、という具合の解決になるだろう。観測の間違い、思い込み、誤解、などが問題の原因として挙げられる。

これらの方法は、どれか一つを選べというものではない。通常は、同時に複数の方法を実施する。つまり、理想と現実がお互いに歩み寄るように仕向ける。

問題を整理するとは?

ところで、「何が問題か」が正確に把握されていない状態の問題もある。なんとなく、「問題だな」とぼんやりとした評価がまずある。人間の感覚は、この種の不具合に敏感だから、明確に問題が生じる以前に、どうも上手くいかないような気がする、なにか間違っているように感じる、という認識を持つことが非常に多い。

そんな場合に、「まず問題を整理しよう」といわれることが多いはずだ。仕事の会議などで頻繁に聞かれる言葉である。結果として、トータルで問題が観測されている場合に、その原因を把握することで、問題を解決していくことになる。この原因を把握することを、「問題を整理しよう」という場合が多いようだ。

問題は、通常一つの要因で発生した結果ではない。一つの要因であれば、大きな問題にはならないだろうし、気づいた人がすぐに手を打てたはずだ。そうではなく、複数の要因が絡んでいるから、どんな手を打てば良いのかがわかりにくい。だから、まずそれを明確にして、どのような策を講じるかを、次に考えることになる。

この場合、その要因というのは、探して見つかるようなものではない。なんらかの手を打って、その結果を見ることで、そこではないか、そちらだったか、と把握できる。つまり、試してみないとわからない場合がほとんどだ。

正しい方法は現実にはない

数学の問題であれば、得られた解が正しいかどうかは、代入して計算してみればわかる。これを「検算」という。それで「正しい」つまり「正解」というものが確認できる。

しかし、現実では、ほとんどのものに「正しい」という評価は存在しない。ある手法が正しいかどうかは、それでやってみれば、おおかたわかるかもしれないが、ほかの手法を試してみないと、どちらがより「正しい」かは比べられない。同じ条件で二つの方法を試すことは、実験的な行為以外では実施が不可能である。

書店には、「○○術」なる本が並んでいるが、「そういうやり方もあるよ」くらいの意味に取るのが良いだろう。人によって、環境によって、時代によって違ってくる。各条件に応じて、それぞれのやり方がある、というのが普通だ。

本書も、「整理術」がタイトルに含まれてはいるが、そもそも、何をどうすれば整理したことになるのかが、人や条件によって異なる。それどころか、整理した方が良いのかどうかも疑わしい。それを「整理術」という言葉から読み取れる人は少ないだろう。この言葉を聞いただけで、「整理する方法が書いてある」「整理をしなければ駄目なんだ」と思い込む人がほとんどではないか、と思われる。

他者との比較に基づく価値観

どうして、世の中の人の多くは、このような周囲から降り掛かる言葉に反応し、影響を受けるのだろうか？

マスコミが流す情報にいちいち反応してしまう人も多いようだ。僕の奥様（あえて敬称）がそういう人である。流行っているダイエット法には必ず手を出すし、食卓に上がる料理は、たいてい前日にテレビで見たものだ。しかも本人には、影響を受けたという自覚がないことも判明している。ただし、僕はそれに文句をいうつもりはない。影響を受けることが悪いのではない。影響にも、良いものと悪いものがある、というだけだ。

いずれにしても、みんなと同じ気持ちでいたい、みんなと同じことをしていたい、という意識があるように観察される。僕自身は、この感覚が希薄なので、余計にそれを感じるし、同じだと何が良いのか、といつも不思議に思っているところである。

さらに、この「みんなと同じ」という意識が、他者と自分を比較する思考を促す。なにかというと、人と比較をしてしまう自分に、あるとき気づくだろう。自分の感情のほとんどが、他者に認められることや、他者との比較によって生じている、と考えている人は実に多い。他者に認めてもらえなければ意味がない。人よりも上でなければ成功とはいえない。そんな価値観に支配されている。ネット社会になって、これが顕著に表れるようになった。ネットが、他者からの承認、他者との比較のためのツールになっているからだ。

周囲の他者という幻想

ネットが普及する以前は、局所的な社会、自分の周辺のごく僅かな人数が「他者」だった。その場合には、偶然性が大きく介在する。たまたま、周囲に優れた人がいなければ、自分が目立つ。逆ならば、自分は目立たない。そういうものだった。

ところが、ネットでは、他者が不特定多数になり、偶然性は薄まる。絶対評価に近いものが、基準となるといえなくもない。もちろん、これは単なる幻想であり、ネット社会になっても、世界中の人間が「他者」になっているのではない。やはり、ごく近しい僅かな範囲であることに変わりはない。だが、人はそうは認識していない。大勢が相手になってくれている、と感じることができるからだ。

このように、直接関係を結ばなくても、自身の評価を大勢の他者を基準にして行う人が増えたようだ。この場合、「人間関係が上手くいっている」とか、「人間関係に悩んでいる」という場合とは少し意味合いが違ってくる。直接的な一対一の関係ではなく、もっと「周囲対自分」のような関係であり、「周囲」という漠然とした他者を意識しているのだ。自分の行動が、その「周囲」の影響を受けている状況に自覚があるだろうか？

意識していない人も多いかと思う。かなりの割合の人が、「周囲に対する自分」を無意識のうちに感じ、自分の行動は、他者がどう見るか、という観点から決定されているのである。実際に、他者が口出しをするわけではない。自分が、他者がどう見るかを想像しているだけだ。

仮想の他者を構築するネット

前章の人間関係の中に、この「周囲」との関係を入れなかったのは、「他者の目」が実は自分の中にあるからだ。つまりは、他者ではなく、「自分の目」なのである。

このように、仮想の他者、仮想の社会を、自分の中に作ってしまうことを、ときには「自意識」と呼ぶことがある。辞書には「自分がどう思われているかについての意識」とある。「自意識過剰」という言葉は、この意識が強すぎる。つまり、他者の目を気にしすぎる、というような場合に使われる。本人が気にしているほど、周囲はその人を見ていないのだが、周囲から注目されているという幻想を持つような人を示す。

ネットの普及によって、この自意識が平均的に活性化していることは、おそらく誰もが感じるところだと思われる。ネットは、仮想の「他者」や「社会」を個人の意識の中に構築するのを促す機能を有している。実際には、個人が感じるほど周囲は注目していなくても、「みんなが自分を見ている」と容易に意識できる。そう錯覚できることが、精神の安定をもたらす効果もある。すなわち、捌《は》け口として利用できるためである。

また、自己顕示欲のようなものを消化するのにも適しているだろう。自分の思考や行動をアウトプットすることで、周囲の承認が得られた場合に近い感覚ももたらされる。多くの人が、ネットでそういった発散をしているのである。

散らかった自己の整理

明らかに、これらの多くは自己満足の域を出ないものである。だが、自己満足がいけないということは全然ない。満足とは本来、自己で行うものであり、まったく正当な手法といえる。問題があるとしたら、承認が得られているという錯覚が大きくなりすぎて、現実とのギャップが認識された場合である。

このような仮想の人間関係も、「散らかった自己」と見ることができる。それらは、仮想空間にちりばめられた実体を伴わないリンケージであり、客観的には「無駄」である。個人が満足できるのだから、もちろん問題はないけれど、自身を高めたい、成長したいと考えているとしたら、心許《こころもと》ない方向性といえるだろう。

その「散らかった自己」を整理・整頓することが、僕は大事だと考えている。何故なら、現実を見ることが客観であり、地に足のついた思考が、社会に貢献するものとなりうるからだ。もっと簡単にいえば、自分を社会的に高める思考であり、さらに、噛み砕けば、社会で成功するための思考を導くからである。

社会での成功などどうだって良い、自分が満足できればそれで充分だ、という考えも間違いではない。そう信じるならば、客観性も必要ない。どこまでも夢を見れば良い。ただ、夢が見られるのは、現実に存在する人間の頭である。その人間は現実の社会で生きているのだ。けっして、現実から逃れることはできない。

自分自身を整理・整頓するということは、このように自身の現状や未来を考え尽くすこと、と言い換えても良い。自分を考えるとは、自分と社会との関係を考えるということと、ほとんど同じである。自分が何者であり、どのような可能性を持っているのか、と考えることだ。

自分のことを考えるとは？

この思考をするためには、データが必要だ。データとは、半分は経験であり、また半分は、他者の意見、思考、行動などの記録から学ぶものである。経験も他者の記録も、日々インプットがある。そのつど考え、思考を深めていくことで、自分というものの整理ができるようになるはずである。

もちろん、若いうちからこれが的確にできるとは、僕は思えない。僕自身、まったくできなかった。自分は、あまりにも散らかっている、という意識があって、早く整えたい、と若い頃には考えた。というのも、他者が書いた本などを読んでいると、一角《ひとかど》の人物というのは、非常に理路整然とし、生き方が綺麗に整理されているように感じられたからだ。

歳を重ねれば、だんだん人間的に成長し、無駄なものを排し、整理・整頓された人格になれる、と想像していたのだが、三十代になっても、四十代になっても、そういった向上の実感はまるでなかった。

幸い、僕には考えることが沢山あった。だから、自分のことについてそれほど悩む暇がなかった、ともいえる。これは非常に重要なポイントかもしれない、とのちほど気づくことになった。

すなわち、自分のことを考えるというのは、自分のことだけを考えるのではない。なんでも良いから、とことん考えているうちに、だんだん自分というものがわかってくる、という知見である。これがなんとなく、そうなのかな、と思えたのは、五十代になってからだったと思う。

そのようにして、周囲のものをあれこれ考えているうちに、自分が見えてくる。つまりは、これが自分の思考の整理・整頓をしたことになるのではないか、と感じた。実際に、すっきりとした感覚があったからだ。いったい、これまで自分は何を勘違いして、自分が散らかっているると思ったのだろう、と逆にわからなくなった。

考えると問題が消えている

寝る寸前に、いろいろなことを考えるのだが、最初は具体的な問題だったものが、しだいに抽象的になる。そのうちに、ふと気づくことがある。たった今、自分が考えていた問題が煙のように消えてしまうのだ。「あれ？　何を考えているのだっけ？」という感覚になる。これは、半分は夢を見ている状態かもしれない。僕は、毎日何度もこれを体験している。

考えていたという雰囲気はしっかりと残っているし、ぼんやりと思考した対象を思い浮かべることもできる。色や形などがある場合もある。ただ、それは明らかに僕の現実ではない。どこでも経験していないし、実際に存在しない問題なのだ。悩んでいて、難しいな、と思ったはずなのに、そんな問題は存在しない、と気づくのである。

実際、僕は夢の中で研究上の発想をしたことがあるし、また問題を考えたこともある。夢の中にまでそんなものが出てくるほど取り憑《つ》かれていたのだろう。この頃では、そういった体験は少ない。小説の発想を夢から得ることは多いが、今執筆しているものの助けになるようなことはない。もっとずっとさきの話だし、非常に抽象的なものなのだ。

もっと抽象的に語りたい

多くの人は、頭で考えるものとして、具体的なものを求めようとしているのではないか、と感じることが多い。僕が「考える」という場合には、八割は抽象的なものである。この感覚は、なかなかわかってもらえないかもしれない。

たとえば、この本のテーマである「整理・整頓」についても、僕がイメージしたものは、非常に抽象的な概念であり、それが生き方や考え方、あるいは仕事や勉強にどのように活かせるのか、という問題だった。ここまで、それを文章に落とし込んで書いてきたのだが、多くの方が「知りたい」と期待している具体的な整理術では全然ない。

多数の人が、具体的なものでないと役に立たない、と考えているだろう。そういう人には、この本に書かれていることは、きっと役に立たない。

僕は、逆に考えている。具体的な手法など役に立たない。そういう手法がもしあるなら、その手法が実践できる人に、仕事として頼めば良いだけである。自分がしたいことに活用するためには、手法がもっと抽象化されていなければならない。もっとぼんやりとして、方向性を示すくらいまで概念的になっていなければ、個々の対象に活かせない。

抽象化とは、本質は何か、を示すことである。本質とは、手法ではなく、目指すもの、目的、達成すること、行うこと自体の感覚のようなものだ。本質は、言葉では言い表せない場合がほとんどであるが、言葉を尽くすことで、読み手に連想させることはできる。その連想は、各自の条件に合わせて展開され、それがその人の役に立つ結果となる。僕がしようとしている伝達は、そういったものだ。

自分の生き方を整理・整頓する

自分自身を整理・整頓することも、非常に抽象的な行為といえるだろう。身の周りを片づけることでもないし、身だしなみを整えることでもない。自分の立場、周囲との関係も含め、自分の成立ちを考え、無駄を自覚し、本質をぼんやりと捉えることで、自分の生き方を吟味《ぎんみ》するような行為である。そのためには、自分が日々何をしているのか、どこへ向かっているのかを知る必要がある。

もし、そういうことを考えていないとしたら、あなたの人生は相当散らかっているはずである。そのままにしておくと、不要なゴミにまみれた人生になるかもしれない。

そういうものが悪い、と一概にはいえない。行き当たりばったりで、面白可笑《おか》しく生きていくことも、できないことはないし、運が良ければ、案外楽しいものかもしれない。運に頼った人生であることはまちがいないが。

運に任せるという楽観では、ほぼ成功はありえない。幸運で成功した人は、運を見逃さなかったし、それ以前に努力や試行錯誤があったから、運が訪れたことに気づけたのである。ぼんやりと、ただ待っているだけの人には、運がどのようにやってくるかも想像できないはずである。つまり、そういう人には見えないものだと思ってもらえば良い。

自分自身を整理・整頓するとは、簡単にいえば、自分が生きるうえで、「一番大事なことは何か?」あるいは、「目指しているものの本質は何か?」を考えることだろう。それを考え尽くせば、余分なものが自然に排除され、頭はすっきりするし、行動も洗練されるように思う。

整理・整頓は、本質を見極めること

人は、とにかく雑念が多い。いろいろな感情を常に抱え、ときにはそれらを無駄に増幅させる。行動の多くは周囲に流されたものだし、周囲を意識しすぎ、周囲のためにやっていることがほとんどだ。自分が何をしたいのかも、よくわかっていない。

そのときどきで、綺麗なものを見て感動し、悲しければ涙を流し、腹が立てば怒る。みんなが楽しそうだと、自分も笑えてくる。成行きに身を任せて生きている。それは、けっして悪いことではない。感性は自由にさせれば良い。だが、それが自分が生きることの本質なのか、と自問することを忘れないようにしたい。

なにも、禅僧のように修行をし、精進しろ、といっているのではない。もっとシンプルなことである。

たとえば、幼い子供を持っている人であれば、子育てに悩みがあるだろう。子供をどう育てれば良いのか、親であれば一つ一つの問題を解決し、また判断していかなければならない。躾《しつけ》なのか愛情なのか、自由放任なのか教育重視なのか、方針もそのときどきで揺らぐだろう。これも、悪いことではない。しかし、本質はどこにあるのか。何が最も大切なのか、と考えれば、自ずと答が見えてくるものだ。

子育てにおいて、最も重要なことは、子供の命を守ることである。怪我や病気をさせないこと。健康と安全が一番の目的である。これを実現する責任が親にある。愛情などは、その次のものだと考えて良い。その本質を確認すれば、ほとんどの問題が整理・整頓されるのではないだろうか。

子供のためだ、と言葉にしていても、実は親自身の自己満足であったり、他者を意識した意地であったりする。子供の安全とは無関係なものに支配されていないだろうか。

仕事であれば、その本質は何だろうか？　人によって違うと思われるが、多くの場合、賃金を得ることが目的である。自身を成長させるため、誰か他者の機嫌を取るため、世間体のためなど、いろいろな雑念があるかもしれない。ときどき、その第一の目的を思い出して、目の前の小さな問題を俯瞰してみることで、少しは冷静になれるだろう。

感情が壁や障害を作る

ほとんどの場合、本質や真の目的から目を逸《そ》らしてしまう原因は、「感情」にある。感情というのは、問題を見誤らせる。感情が作った幻想で、進むべき先が見えなくなってしまうのだ。

客観的に見れば、さほど大きな問題ではないのにもかかわらず、感情がそれを増幅して見せることが多い。行く手に立ちはだかる障害として、すぐにもそれが自分に迫っているように見せる。もっと問題なのは、その障害のために、先が見えにくくなることである。一度、このように感情に支配されると、どの方向にも壁が立ちはだかっているような感覚に陥る。ここから抜け出すにはどうすれば良いのか、と途方に暮れることになるのである。

だが、それらの壁は、自分が作ったものだ。自分の感情が育てた障害なのである。「そんなことはない、あいつが自分を陥れようとしているのだ」と主張されるかもしれないが、どうしてもそう考えられる場合は、警察なり第三者に相談するのが良いだろう。客観的に観察してもらうことで、事態を多少は冷静に捉えることができるかもしれない。

人間の精神は、自身を庇《かば》うようにできている。基本的に自分贔屓《びいき》だ。したがって、主観的な観測をすれば、自分は正しい、相手が間違っている、という判断に自然になる。しかし、相手も同じ感情で判断をしているから、当然ながら争いになる。法律がきちんと定められているのに裁判になるし、グループどうしや民族、国どうしの争いにも発展する。感情とは、一度湧き起こると、自分で自分を煽るから、どんどんエスカレートする。これを抑えることは、並大抵のことではない。

人格が片づいている人が信頼される

感情的な判断ばかりしていると、その人の周囲は、矛盾する理論で散らかってくる。傍《はた》から見ているると、どんな理屈で判断しているのかが見えない。つまり、理屈がない人間と見なされるだろう。

理屈を持っていれば、それを説明することで、話は整理される。すべてそこへ行き着く。その人の理屈がわかれば、その人の考え方も理解でき、人間として信頼することができる。人として信頼を得るとは、理屈を持った行動を他者に認められることだ。どんな場合にどんな行動を取るかが、理屈から予測できるから、周囲が安心して頼ることができる。

一方で、感情的な人は、予測ができないため、信頼を得ることができない。何をするかわからない人間、というレッテルを貼られる。

散らかった部屋を使いたいと思う人はいない。ホテルの部屋を想像してもらいたい。きちんと片づいているから、誰にでも使えるのだ。自分の部屋は散らかっていてもかまわないが、それは自分しか使わないからである。他者に利用してもらうためには、片づける必要がある。どこに何があるかわからない。触ってはいけないもの、危険なものがあっては困る。何が飛び出すかわからないのでは安心できない。

つまり、信頼を得て、他者に使ってもらえる人間は、人間として片づいている必要がある。少なくとも、そう見えるようでなければならない。これは、外見だけでは、わからないものだ。その人物の日頃の言動を観察するしかない。だから、もし自分を使ってもらおう（つまり、仕事をもらいたい）と思ったときは、「片づいているな」と思わせることが大事だ、という話になる。

そのためには、感情を抑制することが第一条件である。

気分によって大きく素行がばらつくようでは、外から見て目立つマイナスポイントになる。日頃のちょっとした会話や、なにかの指示に対する応対など、本当に細かいところに、その人物の「片づき度」が現れるものである。

見かけの問題なので、実はその人物の本質ではない。だが、社会の人間関係は、人格の本質でぶつかり合うほど深いものではない。見かけだけのレベルなのだから、ちょっと装うだけで、ずいぶん社会で生きやすくなるだろう。これが、社会性とか協調性などと呼ばれるものである。

第6章

本書の編集者との問答

本書を依頼された経緯

ここで、コーヒーブレイクを挟《はさ》みたい。

非常に抽象的なことを、ここまで書いてきた。読者のなかには、眠気が差した方も少なくないことと想像する。僕は、講義で学生たちが眠そうな顔をしているときには、質問をさせることにしている。質問は、各自にとって具体的だから、頭が現実的になる効果があるようだ。

本書を書くことになったのは、日本実業出版社の編集者Y氏からメールをいただいたからだ。彼女は、三十代以上のビジネスパーソンを読者として想定した本作りを提案してきた。社会で「中堅」「ベテラン」といわれる歳になって、さらに成長したい人、もしくは「頭打ち」感を抱いていて、それを打ち破りたい人に向けたテーマだそうだ。

内容は、一言でいえば、「整理術」あるいは「仕事術」だった。ビジネスパーソンに必要な知性を伸ばす方法、知性を磨く方法、知力を蓄える方法などを書いてもらいたい、と。

　これは、知性の整理法、あるいは勉強法に近いイメージかな、と僕には受け取れた。そして、そんなものは森博嗣に書けるはずがない、と思った。なにしろ、僕は世間一般の「会社」というものに勤務（あるいはバイト）をしたことが一度もないからだ。

　そういう人たちに求められる知性とは、どんなものだろうか？

　また、その知性を育てる勉強法とは、具体的に何か？

　おそらく、その種の本は、書店に行けば、沢山並んでいるのだろう。これまで、僕はそういった本を読んだことが一度もないので、何が書かれているのかも知らない。

研究職は仕事として特殊すぎる

　仕事の技術的なハウツーなのか、それとも世渡り、あるいは人間づき合いのノウハウなのだろうか。少なくとも、僕が勤めていた大学という仕事場には、仕事の「技術」といったものは存在しなかった。ただ、研究をするための頭脳と、それを進める実行力だけが必要だった。

大学の研究者というのは、おそらく「知性」の塊のような職業である。局所的ではあるけれど、ある専門分野では世界一であることが要求される。研究とは、すべて世界初でなければならない。他者に追従するものではないし、他者の成功をトレースするものでもない。

同じことをしている人はいないのだから、研究者のあり方のようなものは存在しない。それぞれが、自分のやり方で前進しているはずだ。そのやり方を構築することも、研究の内であり、仕事だからだ。おそらく、「研究術」とか「研究法」といった本は書店にはないし、誰も書けないだろう、と思われる。

編集者とのメールのやり取り

まずは、編集者Y氏とのメール問答を以下にほぼそのままコピィしておく。もともとは「勉強法」をテーマにしたかったらしく、そちらの方面での話から始まっている（表現や言葉遣いなどは、僕が直しているので、文責は森博嗣にある）。

地頭力って何？

Y「学生時代に必要な能力と、社会人になってから必要な能力は、違っている気がします。先生は、どう思われますか？」

森「それは、どんな環境でもいえることではないですか。学生と社会人だけでなく、転職しても違いが生じるし、年齢によっても、少しずつ変化するものでしょうね。僕自身は、会社に勤めたことがないのですが、会社に勤めている人たちとは、頻繁に話をしてきました。その伝聞でしか知りませんが、一般の社会人というのは、大学人とは、だいぶ違うな、と感じました」

Y「社会人として必要な知性があるとしたら何でしょうか？　たとえば、従来ビジネス書ではよく『学校の成績が良くても仕事ができるとは限らない』『仕事ができる人になるためには地頭力が必要』などと書かれてますが、『地頭力』って何？と思ってしまいます」

森「何ですか？『じあたまりょく』って読むのですか？　知りませんね、そんな言葉。たぶん、遺伝的な知能を示しているのだと想像します。環境や努力によって、知能は影響を受けますが、それは比較的年齢が若いうちだといわれています。これは、統計的な研究結果ですから、全員に当てはまるわけではありませんけれど、平均すれば、そうだということ。子供のうちは、教育熱心な家庭に育てられ、また自分で努力をして勉強すれば、そこそこの成績が取れますが、じわじわと本来の、つまり生まれながらの能力の差が顕在化してきます。そういう話をすると、努力しても無駄なのか、と思う人もいるかもしれませんが、そうですね、実際に努力をしてみたら、無駄かどうかはわかると思います」

仕事に必要な知力とは？

Ｙ「森先生が考える、仕事で結果を出す人の知力みたいなものを、お聞きしたいのですが……」

森「さあ、そういうことは考えませんね。努力だろうが、知力だろうが、あるいは運だろうが、なんだって良いのです。ようは結果が出るかどうかです。世の中は非情ですからね。僕が見てきた範囲では、結果が出せれば、知力があった、努力した、などと評価されるだけです。知力や努力があれば、必ず結果が出せるわけではない、ということは、たぶん現実でしょう。とりあえずいえることは、手法なんかどうだって良い、ということです。どんな方法が最適かと考えるまえに、結果を出すことを考えましょう」

Ｙ「自分の仕事で成果を出すには、何が必要だと思いますか？」

森「考えることです。もう必死になって考える。ずっと考え続けます。僕たちの分野では、それ以外に成果を出す方法はありません。誰も教えてくれないし、誰も知らないことだからです。頭というのは、考える以外に使い道はありません」

Y「必要なものを見極め、身につける方法には、どんなものがありますか?」

森「ね、やはり、方法に拘りますよね。方法ではない、ということがまず第一だと思いますよ。方法なんて、そのうちできてくるものです。とにかく、結果を出す、必死になって前進します。すると、振り返ったときに道ができている。それが『方法』というものです。方法というのは、同じことをもう一度するときには役立ちますが、最初にするときには、方法はありません。ただ、一般的な仕事の多くは、研究のように最初ではない。先人がいると思います。だから、成功者の歩き方をよく観察して、学習することは効果があるかもしれません。成功者というのは、味方だけでなく敵も含めましょう。好き嫌いで選ぶと、視野が狭くなるだけだと思います」

何を勉強すれば良い?

Y「たとえば、私は編集者で、『力が足りない、勉強しよう』とは思うのですが、何をどう勉強したら良いのか……と途方に暮れます。キャッチコピィの本を読む、編集術のセミナを聴くなど、いろいろ考えられることを、やってみています。でも、それが自分の身になっている実感は乏しいです。勉強へのアプローチが間違っている気がします。正しい勉強法を見つける方法などあるのでしょうか？」

森「ありませんね。残念ですが……」

Y「そうなんですか……、駄目ですか……」

森「たとえば、ピアニストだったらどうでしょうか？　力が足りないと感じた場合、何をすれば良いでしょうか？　本を読んでも駄目だし、セミナなんかに参加しても駄目でしょうね。何故なら、もうピアニストになっているからです。本やセミナで教えてもらえるのは、その職業に就く方法でしかありません。そのレベルならば、まあ、誰でも教えられるからです。編集者でも、プロになってしまったら、あとはピアノを弾くしかありません。編集者なら、つぎつぎと本を作るしかないと思います。それが、編集者に求められる知性なのではないでしょうか」
Y「まっしぐらに仕事をしろ、ということですね？」
森「一面としてはそうです。でも、すべてがそうでもありません。実は、キャッチコピィもセミナも、役に立つと思います。編集者には関係のないキャッチコピィやセミナも同様に役に立ちます。自分の仕事に直接関係のないものを幅広く吸収すること。これが一番知性になると思います。知性というのは、深さだけでなく、広がりが必要なのです。ですから、小学校からの義務教育をやり直すのも手だと思います。得意も不得意もなく、これまでに手を出さなかったところを覗いてみることです。その意味で、編集者というのは、かなり恵まれた環境だと思いますよ。いろいろな知性に巡り会えるわけですから」

人間に残された仕事は？

Y「そうですか。励ましていただいて、ありがとうございます。では、もう少し社会を見渡したテーマで……。この頃、よく聞くのは、『AIが、人間の仕事を奪う』というニュースです。それに対して、AIに代替されない仕事人にならなければ。という風潮が一部で叫ばれています。これについては、どうお考えになりますか?」

森「あまり真剣に考えたことはありません。まあ、奪われるでしょうね。そんなにさきの話ではありません。コンピュータが登場して、いろいろな職業の人たちが、仕事を奪われました。たとえば、写植《しゃしょく》とか和文タイプの仕事なんか、全滅しましたよね。バスには車掌さんがいなくなりました。そのうち運転士さんもいなくなるでしょう。もっと時代を遡《さかのぼ》れば、力仕事をしていた人夫さんが不要になりました。スコップで土を掘る作業は、人間から取り上げられたし、ものを肩に担いで運ぶ仕事もなくなりました。これらは産業革命に始まっているわけですが、つまり、石炭や石油を燃やしてエネルギィを得ることができたから起こったシフトです。エネルギィが枯渇《こかつ》しなければ、この流れはしばらく続きます。人間は平均的には働かなくても良い方向へ進んでいます。機械が働いてくれるから、生産は安定し、社会は豊かになります。ただ、職業に就いていない人が増えれば、機械が働いた分の報酬を、そちらへ回す社会的な仕組みが必要になりますから、これからは、そういった福祉のシステムが築かれるはずです。仕事が奪われるから大変だ、と焦《あせ》る必要は、そんなにありません。それなりに、仕事は残っているでしょうし、少ない仕事量で、そこそこの生活ができる世の中になっていくはずです」

Y「AIに仕事を奪われるのは、何百年もさきの話ではないでしょうか？」

森「そんな未来ではないと思います。でも、まあ、もしかしたらそうかもしれません。ただ、今もう既に、AIやコンピュータに、人間はほとんど支配されていますよね。なにしろ、みんなスマホを見て歩いているじゃないですか。なにも考えず、スマホのいいなりになっている人ばかりです。誰が仕事をしているのでしょうか？　ほとんどスマホが仕事をしていませんか？」

Y「たしかに、そうですね。AIやコンピュータが仕事を奪うというのは、別のところに問題があるのではないかという気がします。その別のところが、何なのかわからないのですが……」

森「人間が、使いにくくなったことですか？　この頃、働き方改革とか、ハラスメントは駄目だとか、いろいろ煩くなってきています。時間は短くし、賃金は上げないといけない。どうして人間を雇わなきゃいけないんだってなりますよね。僕が経営者だったら、誰も社員を雇いませんね。文句をいわれなくて済みますから。まあ、それは冗談として、人間に要求される能力が何か、ということ。すなわち人間の本質のようなものが、これから問題になると思います。人間にしかできないことは何か。あるいは、その個人にしかできない仕事は何か、ということです。それを持っている人は、安心して生きていけることでしょう。みんなと同じことしかできない人は、すべてＡＩに取って代わられるはずです」

論理的な思考力とは？

Ｙ「私は、本が好きで、よく読みますし、ものごとを吸収できないタイプではないと思います。他人のいうことを聞かない、理解しないとか、そういうタイプではありません。でも、頭の中にいろんなことが入ってきても、それらが整理されていない、理路整然としていない気がします。理路整然とした思考力、論理的思考力というのでしょうか、それが、『仕事ができる人』に必要な能力の一つのようにも思うのですが、先生は、どう思われますか？」

森「そう思いますよ。論理的な思考は、人を説得するためのツールですし、同時に、自分自身には、問題解決の手掛かりになることが多い。なんだかんだといって、社会は論理がまかり通っている、ということでしょう。ただし、多くの場合、それは言葉なんですね。言葉であるゆえに、現実よりもデジタルで、解像度が落ちていることは否《いな》めません。そこは常に自覚し、注意する必要があると思います。頭の中に入っているものが整理されていないのは、情報が単なる知識として取り込まれているだけの状態だからでしょう。言葉を覚えているだけ、それはたしかに知識なのですが、でも、そこから何が生まれるか、という部分で、まだ展開していない。知識を応用する機会が増えることで、そういったものが頭の中でそれぞれリンクします。関係を結ぶのです。そうなると、使える知識になり、つまりは教養になります。知識は、クイズに答えることくらいしかメリットがありませんが、教養は、その人物の力そのものですから、どんな場合にも有利な立場にたてるはずです。その教養を、『仕事ができる人』と観測するのだと想像します」

Y「そのリンクに、論理的な思考が必要なのですか？」

森「そうです」

Y「論理的思考力は、どのようにすると身につきますか？」

森「ピアノの場合と同じです。論理を出力することです。理屈を捏《こ》ねる、論述をする、相手に理屈を説明する、論破する、というような経験を積むことで、育《はぐく》まれるものです。欧米では、この能力が非常に重視されていて、学校で議論をさせる授業が行われていますね。日本人は、議論は自分の願望を通すためのものだと認識しているのですが、もっと技術的なものとして、捉える必要があるかもしれません。日本人が議論に弱いのは、論理を学校で事実上学ばないからでしょう」

仕事ができないのは、何が問題？

Y『一万時間勉強すると、その道のプロになれる』『二千冊の本を読めば、その分野の専門家になれる』などとよくいわれています。どう思われますか？」

森「文系の専門家はそうなのですか？　よく知りませんが。理系の専門家は、だいぶ事情が違うと思いますよ」

Y「けっこう長い時間だし、膨大な冊数だと思いますが、それぐらいやれば、ものになるはずなのだから、みんなやるべき、なのでしょうか？」

森「そこまでしなくても、ものになるのでは？　おそらく数の問題ではなく、悩むくらいなら、まずやれ、という話を、そういうレトリックでいっているのだと思います。どうしたら小説家になれるか、それは小説を書くしかない。上手く書けませんと悩むのは、二十作くらい書いてからにしなさい、とどこかの作家が書いていますが、それも同じでしょう」

Y『仕事ができない』という場合、本人の才能・資質だけの問題だと思いますか？」

森「それもありますが、大きいのは相性でしょうね。本人の資質と、その職種の相性、あるいは、人間関係も含めた仕事環境との相性。上司との相性も、大きいのでは？」

Y「人間関係で揉《も》めて辞めるというのは、たしかによくある話です。たとえばブラック企業にいるとか、社内調整が上手くできないとか、話し方が下手だとか、そういう理由もあったりするんでしょうか？　広い意味では、それらも本人の資質ですが」

森「合う合わない、と明確に分かれているわけではなく、もっとファジィですよね。漠然と捉えているものを、あえて言葉にしてしまうと、合わない、となってしまうだけです。そもそも人間が非常に不確定で、変化の激しい装置ですから、機械のように適材適所というわけにもいきません。スペックがわからないからです。自分でもわからない。スペックを知るためには、仕事をさせてみるしかないし、時間が必要でしょう。あと、この頃の若者は、自分の力を出し切っていない、みたいな幻想を持っていますよね。力を出し切ることが勝負に勝つ方法だ、と教えられているみたいですが、僕は、力を出し切るという意味がわかりません。力を出し切らないで仕事をした方が健全だと思います。そんなに一所懸命になる必要はないし、それくらい力を抜いた状態こそが、その人の性能だと思います。機械は、みんなそうですよ。最大出力で使ったりしません」

自分に合った仕事?

Y「それは、ありますね。余裕を持て、ということですね。うーん、でも、頑張りたいのに頑張れない、と思うことが多いのですが……」

森「べつに頑張る必要はありません。頑張っても疲れるだけでしょう?」

Y「いろいろな理由があって、思い切りできないような気がします。『仕事ができない』という場合、どのように問題を解決すれば良いと思いますか?」

森「それは場合によりますね。その人物の能力が活かせる仕事をさせる、というのが雇う側の論理です。また本人にとっては、自分がやりたい職場を望むでしょうね。だいたい、両者は一致していません。本人が正しく自分を評価できているかどうかは、非常に怪しい。大学で就職の相談を受け、沢山の学生たちを見てきて、そう思いました。本人の希望は、必ずしも本人の適所ではない、ということです。この場合、問題を解決すること以前に、何が問題なのか、と考えてしまいますね。でも、そうですね、世の中ほとんど、適材適所に収まっていないのではないでしょうか。いうなれば、散らかっている状態です。整理・整頓するのが一番難しい対象は、人間なのです」

Y「先生の小説でも、西之園さんは暗算のスピードが速く、どんどん数を代入していけるので、ロジックを知らなくても答に辿《たど》り着ける。それが本当の頭の良さだ、みたいなことを、犀川先生が話すシーンがあったかと思います。凄く印象的だったのですが、それができない普通の人は、どうしたら良いと思いますか?」

森「さあ……、それは犀川先生にきいてみないとわかりませんね。たぶん、彼は、論理というものは、頭が悪くてもできるように編み出された手法だ、といいたかったのではないでしょうか？」

勉強法を確立したい？

Y「私は暗記はできる方なので、学生時代は端から覚えていたのですが、数字が覚えられなくて、数学のテストは駄目でした。今大人になって思うのは、私は沢山のことを暗記したり記憶したりしていて、とにかくエピソードは、いっぱい持っているのに、それらの役立たせ方がわからないということです」

森「インプットをしてばかりで、アウトプットをしていない、ということかも。食べてばかりで運動していないようなものです。本来は、役立たせたい対象がさきにあって、そのために知識を得るのですが、学校の教育というのは、その逆になっているわけです。ですから、そうやって学んだものをどう活かすのか、と考えてしまう。そうではなく、まずやりたいことがさきにあって、それに必要なことを学ぶ、というのが正しい順番です。これからは、そうなっていくと思いますよ。知識を活かそう、という発想自体が不自然だということです」
Y「頭が良い人は、自分なりの勉強法を確立していて、それを現実に活かしている気がするのですが、そうでしょうか？」
森「さあ、僕は頭が良くないので、わかりません。でも、そんな気はしませんね。勉強法を確立できるのは、試験対策としてだけです。どんな試験かだいたい決まっているからできたことです。一般の場面では、勉強法なんて確立できないと思いますよ」
Y「そうだとしたら、凡人は、何から手をつければ良いでしょうか？」
森「それも、順番が違います。まず、やりたいことを見つけましょう。それが決まれば、自然に勉強ができます。知りたくてしかたがなくなるはずです」

メモを取ることについて

Y「先生は、ノートやメモをお取りにならないそうですね？」
森「ええ、メモは取りません。ノートというのは、工作のスケッチをするときに使いますが、文字は書きませんね。絵です。ちょっとした思いつきは、封筒とか広告などの裏を使って描きますね。これも絵ですが」

Y「文字を書くメモは、まったく取らないのですか？　パソコンにも、でしょうか？」

森「パソコンのカレンダに予定は入れます。何日に何文字書くかとか。それに従って、いやいや仕事をしています。あとは、来年や再来年に出す予定の本も、パソコンに忘れないように書いてあります。その程度のメモはありますよ」

Y「メモを取ったもの、あるいはデータなどは、どのように管理されていますか？」

森「管理していません。仕事が終わったら消します。知合いの住所だって、早く消した方が安全ですよね。余計な情報を管理しないように、仕事をきっちりと終えることにしています」

Y「小説のプロットなどは？」

森「全然。なにもありません。書く予定の作品は、タイトルだけはメモがありますけれど、決まったら、そのメモは消します。中身を執筆したら、できた本がデータですから、もう自分が書いたデータはいりません。過去の作品は、ほとんど残っていません。残す意味もありませんしね。大学を辞めたときに、沢山の資料を自宅へ持ち帰りましたが、数年だけ保存したあと、すべて廃棄しました。工学において、古いデータはほとんど価値はないからです。そうそう、僕は、自分で撮った写真も保存しません。写真のデータをブログなどに使ったら、消去しています。最近では、使わない写真は撮りさえしません。整理・整頓が苦手な人間なので、整理しなければならないような状況にしない、ということですね」

マルチタスクの仕事術？

Y「工作などでは、作りかけのものを出しっ放しにして、ほかのことを始める、と書かれていました。それはどうしてですか？」

森「片づけたら、また出さないといけないじゃないですか。無駄なことをしたくないからです。やりかけのままにしておくと、最も良いコンディションから始められます」
Y「でも、散らかりますよね」
森「そうですね。そうやって、店を広げたままにしたものが、何箇所も、あちらこちらにあるわけです。それらを毎日渡り歩いて、少しずつ進めます。そういうやり方が、自分には合っているようです。集中力がないのでしょう」
Y「パソコンの画面も、いろいろウィンドウが開いたままの状態だとか……」
森「そうです。二十四インチのモニタを二機並べていますが、両方で十ずつくらいはウィンドウが常に開いていて、一部では動画が動いていたりします。その動画の上で小説を書いたり、エッセイを書いたりします。途中でメールも読むし、ウェブも回るし、ぐるぐるとウィンドウを巡ります。一つのことに長く集中できません。文章は五分も書いたら、ほかの作業へ移ります。パソコンは、終了したことがありません。つけっ放しで、スリープするだけ」

Y「片づいた場所で、一つのことに集中するのが仕事術だと思っていましたが」

森「そういう人もいるでしょう。いろいろだと思いますよ。自分に合った方法を探すことが大事なのではないでしょうか」

学んでおくべきことは？

Y「職種に限らず、学んでおくべきことがあったりするでしょうか？　最低限、これだけは共通して学んでおくべきだ。学んでいないなら、学び直すべきだ、ということなどがないでしょうか？」

森「うーん、なにも思いつきません。事前に学ぶことはないと思います。いつでも学べるのです。問題が起こってから、仕事で直面したこと、必要なことを学べば良いのではないでしょうか。ただ、切迫した仕事だと、そうもいっていられないでしょうから、ある程度は、必要な基礎的なものがあるとは思います。それを、日本では高校までの授業で習っているはずです。まあ、そうですね。国語や英語なら文法ですし、数学なら代数、理科なら物理でしょうね。基礎的なことは知っていた方が、安全だと思います」

Y「安全というのは？」

森「生きていくうえで安全だ、という文字どおりの意味です。放射線とは何かを知っていなければ、原発事故でどうしたら良いのかわからないと思います。でも、これも、事故が起こってから勉強しても、充分に間に合いますね。問題は、数字の計算方法や単位の扱い方でしょうか」

しかたなくやり始める

Y「できるけれど、やりたくないときは、どうなさっていますか？　私は、これが凄く多くて、たぶん始めたらすぐ片づくけど、とわかっていても、なかなかできません。たとえば経費の精算などは、決まったフォーマットに書くだけなのですが、書き間違えそうで面倒だな、という気持ちで、なかなか取りかかれません。森先生はそういうことはありますか？　そういう場合にはどうなさっていますか？」

森「僕は、ほとんどいつもそうです。まず、文章を書くことが嫌いです。小説もエッセィも書きたくありません。面倒だし、書いてもわかってもらえないし、書いているときに楽しいわけでもありません。でも、仕事だからいやいややっています。工作は趣味ですが、好きでやっている趣味でさえ、面倒だと思えて億劫になることが頻繁です。そういうときは、しかたがないな、と腰を上げるのです。この『しかたがない』が究極のツールだと思います。いやいや、しかたなくやれば良いのです。やれば、多少はあとで良いことがあるでしょう。小説だったら印税がもらえますし、工作も出来上がると嬉しいものです」

苦手な作業を始めるには？

Y「苦手だからやりたくなくて、取りかかれない場合も、同じですか？」
森「しかたなくやります。苦手でも得意でも、関係なくやるだけですよ」
Y「たとえば、私は、タイトルや、帯のネームなどの、キャッチコピィ周りが苦手で、ずっと頭の中ではぼんやり考えているのですが、紙に書いて上司に相談することが凄く苦手です。『こいつ、またいけてないコピィ持ってきた』と思われるのが嫌だからです。そういうとき、どうすれば良いのでしょうか？　勉強して力をつけるしかないのでしょうか？」

森「いけていないコピィを考える天才だ、と上司に認識してもらえば良いのでは？」

Ｙ「冗談ですよね、それ」

森「つまり、上司に対する見栄が原因だということです」

Ｙ「なるほど、そうですか……」

森「苦手なんです、といってみるとか」

情報をセーブすべきか？

Ｙ「ところで、情報は沢山取りにいくべきですか？　取捨選択すべきですか？　今は情報過多な時代ともいわれていますが、自分の仕事に必要だと思われる情報は、積極的に取りにいくべきでしょうか？　それとも情報過多の時代だからこそ、あえて情報を減らす方が良いのでしょうか？」

森「そのように量を調整することは、どうでも良くて、問題は情報の深さとか、広さだと思います。情報過多といっているわりに、みんな薄っぺらい情報しか見ていないし、深く追求もしません。情報と情報の関連性も考えません。これも、やはりインプットだけではなく、アウトプットすることが大切です。つまり、情報について考えること。情報というのは死んだデータです。もう変化しないものです。考えなかったら、情報は死んだままですが、考えることで、初めて情報が生きます。情報を生かせば、自分のものになるし、応用が効きます」

男女の差について

Y「男性と女性で、勉強のし方や必要な知性は異なりますか？　一緒ですか？」

森「個人差の方が大きいので、意味がありませんが、平均すれば差はあるし、違いはありますね」

Y「総合職だと仮定すると、私は男女差はない、と思っていました。長い間。でも、女性は仕事を続ける過程で、結婚とか出産とかすると、仕事にかけられる時間がどうしても減るので、男性みたいに『二十四時間働けますか』状態になれない時期があるのではないかと思いました。そういう時期がある女性は、どのように勉強していけば良いのだろうか、などと考えてしまいました」

森「よく出産の有無が男女差のシンボルとして語られるのですが、個人が抱えている環境の差、能力の差、あるいは生き方の差などの方がずっとばらついていると思います。個人によって違うから、一般論では片づけられないということです。制度としては、なんらかの線引きをする必要があるので、問題になるわけですけれどね」

知性の獲得方法のサイクル

Y「読者が求めるのが、どんな知性・知力であれ、共通する獲得方法があったりしませんか？　たとえば、『調べる↓集める↓取捨選択する』みたいなサイクルは共通しているとか」

森「ありませんね。僕は、調べる、集める、取捨選択するなんて、意識したことは一度もありません。知りたいから知ろうとする、と考えたこともありません。ただ、知りたいから知ろうとする、わからないから考えるというだけです。知りたいこと、考えたいことがさきにあるのです。そのために、いろいろな方法があるというだけです。研究のスタンダードな手順というのは、『発想する↓考える↓確かめる↓やり直す↓ほとんどが無駄になる』かな。これの繰返しですね」

するべきことができない人は？

Y「この本を読んで、『やるべきだとわかってるけれど、できない問題』が解消すると良い、と思うのですが、森先生は『やるべきだとわかっているけれど、できない』などというときがありますか？」

森「そんなのしょっちゅうですよ。トイレにはいかないといけないし、食事もしなければならない、毎日何時間も寝ないといけません。やるべきことがあっても、それらをペンディングにして、トイレにいき、食事をし、寝ているのです。でも、いずれはしないといけない。問題は消えないのですから」

Y「森先生にはないような気がしていたのですが、そうでもないのですね。では、いずれはしなければならないことを、しない人はどうすれば良いでしょうか？」

森「どうしようもないと思います。そのままです。問題は解決しないし、前進しません。それだけのことです。一つアドバイスしたいのは、時間的な余裕を持つことです。ペンディングできる時間を持つことです。そうすれば、トイレにもいけるし、食事もできます。ぐっすりと寝られるのです。自分がどれくらい、ものごとを先延ばしにしがちか、を把握して、それを見越して予定を立てることです」

自分を良く見せるのは得か？

Y「それでは、仕事にならない人もいます。雇ってもらえないかもしれません」

森「それはそれで、しかたがありません。背伸びをして、自分を良く見せようとするから、どこかで無理が生じる、ということです。最初から、自分を低く見せる、『仕事ができない人間』だと思い込ませた方が、安全側です」

Y「先生は、そうしてこられたのですか？」

森「はい、そうしてきました。親父から教わったのです。一所懸命になって」

Y「その価値観が、かなり珍しいと思います。損をした気分になりませんか？」

森「どうして損なのですか？　人に良く見られたら得ですか？　僕は損だと感じますが」

好きなことを仕事にすると危険

Y「好きなことなら寝る間を惜しんでやった、と先生のエッセィにも何度か、それと似たようなことが書かれていたと思います。また、『「やりがいのある仕事」という幻想』（朝日新書）には、〝仕事は基本的に自分の得意な分野であるはずだ〟という文章がありました。仕事が好きなら、寝る間を惜しんでやれ、ということですか？」

森「全然違います。まず、得意なことは好きなことではありません。たまたま一致していると、働きすぎて、健康を害することになります。若いうちは良いかもしれませんが、ストレスにはなると思います。好きだから、ストレスになるのです。得意なものを、いやいややっているのが理想的です。時間が来たら、たちまち中断できます。僕の作家の仕事がこれですね。嫌でしかたがありません」

スペシャリストになるためには？

Y「我々、就職氷河期世代（今の三十代なかばから四十代なかばくらいまででしょうか）で、仕事を選べないまま現在に至った人も多いかと思います。苦手分野を仕事にしてしまっていて、もう変えられなくて、将来も心配だから、少しでも力をつけて、自分を修正したい。仕事ができるようになりたい。という人は、どうすれば良いでしょうか?」
森「嫌なものや、苦手なものだからこそ、効率を上げたいですよね。自然な方向性だと思います。ただ、好きになろう、と勘違いしないこと。嫌いなままで良く、単に効率を上げることに専念するだけです。そうすれば、意外と道が開けると思います。それは、その仕事に対する自分の行動を整理・整頓することに近いようにイメージできます。具体的なことは、個々の仕事によって違っていると思いますけれど」
Y「『「やりがいのある仕事」という幻想』の中に、人間の仕事は、だんだんスペシャルになっていく、というお話がありました。そのスペシャリストになるために必要な勉強とは、何なのでしょうか? 職種によって違うとして、どうすれば『これを学ぶべき』というものが見つかりますか?」
森「大事なのは、それを自分で考えることです。勉強するのは自分です。何を学べば良いのか、と考えることが、スペシャリストへの第一歩です。人から学ぼう、教えてもらおうと思う気持ちはわかりますが、そんな教材があるはずもなく、学ぶ方法もありません。それらがないから、スペシャリストなのです。教材があり学習法があったのは、十代までのこと、共通する基礎的な事項、つまりジェネラリストを育てる段階だったからです。頭を切り換える必要があると思います」

本質を考える

Y「自分でも思うのですが、私の悩みの一つに『何をどう学ぶか』ということがあります。自分が大事だと思うものを端から勉強すれば良いだろう、といわれそうなのはわかるのですが、たとえば、『コピィが書けない！ 糸井重里さんのコピィライタ養成講座三回十六万円に行こう！』というのは、なにかが違う気がするのです。もっと本質的なことが必要なんじゃないか？ と思ってしまうのですが、本質って何だといわれると、わからないのですが……」

森「そういう講座へ自分の金を払ってでも行こうと思った、という貴女《あなた》のそのときの気持ちが、つまり本質です。なにかしなければならない、という焦りも本質です。自分を改善したい、そのために何をすれば良いだろう、という疑問が本質です。それらの本質を忘れないことです。いつもそれを思い出して、いろいろ考えてみることです。実際に十六万払って行くか行かないかは、どちらでも良い、どちらの選択もあります。行動するまえに、とにかくとことん考えること、悩むこと。そうすることで、頭の中が整理されてきます。考えに考え抜くという行動を、普通の人はほとんどしないのではないでしょうか。考えると滅入ってくる、なんていいますね。滅入れば良い。とにかく、考える。もし、どうしてもこれ以上は考えられない、となったら、なにか行動してみる。部屋を片づけるのも良いし、十六万円を払って講座に行くのも良いと思います。そうすれば、少し視点が変わるかもしれませんから、また考える。考えるのは、お金はかからないし、いつでも、元に戻ることができます。十六万円は戻りませんが、考えは、元に戻せる。考えて、決めるのではありません。ただ考える。判断をしない。判断のいずれについても可能性を考える」

考えることの大切さ

Y「たしかに、私は、そこまで考えたことがないのかもしれません」

森「どうも、これまでの話を聞いていると、貴女は、考えることが苦手なのでしょうね。だから、効率の良い方法を求めてしまう。計算はするから、数字と式を教えてほしい、とおっしゃっているのです。でも、社会にある問題は、すべて応用問題です。計算をしなさい、という問題はありません。僕の父は、僕が幼稚園のときに、算数の計算を教えてくれました。彼は、学校の勉強なんかどうだって良い、一所懸命になるな、一番になるな、テストで悪い点を取っても良い。だけど、算数と数学だけは、ちゃんと授業を聞いていなさい。世の中に出て、役に立つものは、算数と数学だけだから。そういいました。あとは、二十歳になって大人になったら、自分で生きていけるようになること、親の援助は子供のうちだけだ、といっていましたね。だいたい、この反対のことを世間の人はいいますね。算数や数学なんか社会に出たらなんの役にも立たないって。でも、僕はこの歳になって、やっぱり、すべては数学だったな、と実感しています。親父がいいたかったのは、つまり、考えることの大切さのことなんです」

Y「少し、わかったかもしれません。ありがとうございます」

森「わかっても駄目なんですよ。知ることでもなく、わかることでもない。大事なのは考えることです」

持続させるという方法

Y「私、先生のブログが毎日更新されることが本当に不思議で、あれも、毎日なにかを考えている、というご様子ですね。よく毎日あれだけの量を書かれますよね」

森「仕事ですからね。もう二十年間、毎日続けてきました。今年くらいで卒業しようかと考えていますけれど」

Y「え、そうなんですか……。多くの人は、仕事だけど続けられない、仕事で必要な勉強であっても続かない、と挫折《ざせつ》するように思います。勉強することと続けることに因果関係はない気もしますが、でもやはり、天才ではない人間は、毎日積み重ねることで知識や技能を得る面もある気がします。森先生は続けることについてどうお考えでしょうか？　三日坊主体質の私としては、なにか答があると嬉しいのですが」

森「僕も、小さい頃は、三日坊主でなにも続けられない子供でした。すぐに厭《あ》きてしまうので、よく叱られましたよ。だから、大人になって、ものごとを継続する姿勢みたいなものへの憧れから、自分がなにかを続けられると、自分で自分が誇らしく思えて、褒めてあげたくなります。僕は、基本的に人から褒められても、なんとも思わない人間ですから、自分に褒められるためにすべての行動をしている感じですね。人から貶《けな》されるほど、続けたくなりますしね。研究者の素質としても、コンピュータの前に十時間くらい毎日座っていられることは条件といえます。続けることで、自分の能力を増幅できるわけですから、こんなに簡単な方法はほかにありませんよ。あ、これは珍しく『方法』ですね。そう、たしかに、ほとんどのものに適用できますね。こつこつと続けることで、ほとんどのことは実現します。自身をコントロールする能力が養われますしね」

片づけない、という方法

Y「勉強法や整理法などについて、会う人会う人に質問してきました。この本を読んでくれそうな二十代なかばから四十代前半くらいまでにきいています。そうしたら、だいたいみんなが、『忙しいけれど学びたい。どうすれば効率良く学べますか』といっていました」

森「それで、今までの質問がそうだったのですね。もう、ほぼ答えたと思います。皆さんにいえることは、人にきくまえに、自分で考えましょう、だと思います」

Y「でも、『効率』はキーワードかな、と思いました。整理をするのも、効率のためですよね？」

森「一般的には、そうですね」

Y「でも一方で、最近『レッジョ・エミリア』という教育法が注目されているらしいのですが、その教育法の特徴の一つに、『その日が終わっても片づけない』ことがあるそうです。子供が作りかけた工作や絵を、そのまま置いておいて、翌日続きをやっても良いし、一カ月後に再び作り始めても良い、みたいな方法らしいです。これは、森先生が実践されていることと同じですね。『整理しない』に近いものがあるとも感じました」

森「素直に考えたら、そうなるというだけです。片づけることに、今まで拘りすぎていただけですよ。実際、そのままにしておいた方が、翌日作業が始めやすい。場所さえ充分にあるなら、全部やりっ放しで良いのです。スペースがなくなるという以外のデメリットは、特にありませんから」

散らかした方が効率が良い？

Y「森先生は、ご自分の専門に無関係な雑誌をよく読まれていますね。ガレージにも雑多なガラクタが集まっているそうです。それらは、効率のためですか？　効率と雑多に集めることに関係性はありますか？」

森「効率という言葉が、何の作業かによって違います。工場の流れ作業のように、同じことを繰り返す労働なのか、それとも新しいものを発想する作業なのかで、全然違うでしょう？　僕は、創作的な作業をしている人間なので、どれくらい多くを思いつけるか、突飛な発想、新しい発想が、どれだけ頻繁にできるか、が効率なのです。そうなると、雑多なデータの中にいて、つぎつぎと目移りして、どんどん別の作業へシフトしていく、そういう分散型のやり方が適しています。だから、自ずと散らかるわけです。散らかっている方が、明らかに効率的です。片づけようと思っても、ものが多すぎるし、捨てられないし、なにより時間が惜しいから、できません」

Y「片づけないというのは、普通は非効率的なイメージです。学校でも、まずは『片づけろ』『整理しろ』みたいなことを教えられますが、好きなものを集めて並べることから勉強が始まるのでは？　とも思います」

森「学校は、大勢が共有するスペースですから、片づけないといけませんね。同じ場所を多数の人が使うための効率が目的です。でも、自分の部屋は、自分が使うだけですから、自分の好きなものを沢山散らかせば良いと思います。散らかすというより、飾っておく、ディスプレイする、といえばだいぶ良い」

効率的である必要は？

Y「効率的に学ぶには、なにか違うアプローチがあるのか、と考えてきましたけれど、結局、一度は好きなものを集めてみるのが、効率的に学ぶ近道なのでは、と思ったり……。まとまりませんが、そもそも『効率的に学ぶ』ことが可能なのか、と迷ったりしてきました」

森「時間制限があるときには、効率が問題になる、というだけです。明日がテストだったら、効率的に学ぶ方法は有効でしょうけれど、普段は、もっと大事なことがあるように思います。効率的に学ぶと、効率的に忘れていくかもしれませんよ」

Y「あ、それは、あると思います」

森「結局、効率なんてものは、その程度のものだということです」

創作における整理術

第7章

日本古来の綺麗な空間

一般に、創作的な仕事をする現場は散らかっている。たとえば、出版社の編集者の机の上は、無惨といえるほど、もの凄い散らかりようだ。研究者も、だいたいこれと同じである。また、工作をする人も、芸術家も、作業場は散らかり放題である。

散らかってくると、不思議なもので、その散らかった状態が「綺麗」に見えてくる。これは、朽ち果てた廃墟が美しいとか、商品が所狭しと並ぶ店頭が魅力的に見えるのにも通じる精神だろう。綺麗にものが片づいていることが、必ずしも唯一の「綺麗さ」ではない、ということ。人間というのは、この程度には複雑である。

もっとも、古来の日本の室内は、もの凄く片づいていた。畳の上には、なにも置かれていない状態だった。今の住宅のように家具はない。収納するための棚というものも置かれていない。こうなったのは、日本の生活様式から来ている。部屋には、何をする場所かという性格が与えられていなかった。部屋は、なんにでも使えるスペースだったのだ。座る場合には、座布団を敷く。食事をするなら、そのための膳を運んでくる。寝るなら布団を敷く。そして、それらの行為が終わったら片づけて、なにもない場所に戻す。この精神は、「みそぎ」的なものといえる。つまり、あらゆるものが「けがれ」を持っているから、常に綺麗にリセットすることで、正しさを保つのである。もちろん、湿気の多い環境だったから、衛生的な理由もあったはずだ。

そういった長い伝統のためなのか、すっきりと片づいた場所を、日本人は「綺麗」だと感じるようになったし、また、それが秩序ある「正しさ」であると考え、公共の場にゴミが落ちているだけでも気にしてしまうのが、日本人である。散らかっている状態は、「乱れ」だと捉えられる。統制が取れていない、トップの指示や姿勢が下部にまで行き届いていないと、権力を転覆させる騒動になる。それを事前に防ぐのがリーダシップだから、常日頃から乱れることがないように、クリーンな社会を目指そう、といった精神が共有されてきた。

芸術は乱れの中から生じる

しかし、既に述べてきたように、この「秩序」から離脱するようなパワーも存在する。人間は自由であり、縛られたくない、支配されたくない、と考える個人が、いつの世にも存在した。たとえば、芸術と呼ばれる分野は、社会秩序とは無関係なところに棲息《せいそく》しているといえる。芸術家は、ときに破天荒《はてんこう》すぎて、権力者の反感を買うこともあった。特に、新しい文化は、最初は社会的な抵抗に遭ったはずである。初めて見た人に、「乱れ」や「けがれ」を感じさせたからだろう。

そういう時代を乗り越えて、現代の芸術がある。今でも、社会秩序を乱す極端なものは、法律で排除されている。個人で楽しむ分には良いけれど、社会で公開するな、という規制が多かった。だが、これも少しずつ緩和されているようである。

芸術というのは、かつては、「手慰《てなぐさ》み」や「遊び」であった。これが仕事になったのは、社会がある程度豊かになってからのことだ。戦争に明け暮れていたり、人々が飢えに瀕《ひん》する世の中では、芸術は仕事として価値を持たない。ほんの一部の人たちに富が集まり、そこにごく少数の芸術家が集められただけだった。

産業革命以降、芸術は大衆化した。衣食住以外のものが初めてメジャな職業になった。今後もその割合は増えていくはずだ。人間は、創作的な作業を担い、それ以外は機械が生産する、という世の中になるだろう。

これは客観的に見れば、「乱れ」がまっとうな仕事になったようなものだ。人が面白がるもの、興味を示すものは、「秩序」ではないからだ。このシフトにおいて、整理・整頓の意味合いも、異なったものになってくるだろう。

作家に情報の整理は必要?

ここまで書いてきた、整理・整頓に関する僕の意見は、結局、この創作的な作業に視点があったかもしれない。僕が、これまでに経験した仕事は、すべてその方面だったからだ。ただ、工作の一部の基本工程だけ（ネジや道具の管理など）に、あるいは大学でも一部の事務処理だけ（委員会や会議関連の記録など）に例外があった。それらは普通に分類して収納したり、ファイルを作ったりして管理していた。僕には、その例外的なものが、散らかって困るほど割合が多くはなかった、ということだったかもしれない。

三十代の後半に、突然小説を書き、作家としてデビューした。これまでまったく経験したことのない分野だった。沢山の新しいデータが押し寄せてくるから、何をどう整理して保管しておけば良いのか、さっぱりわからなかった。

最初のうちは、たとえば、漢字や平仮名あるいは片仮名の表記について、自分のルールを作る作業などが必要だった。リストを作って整理をしていた。一年くらいでやめてしまったが、それは書くことに慣れたからだった。また、編集者から送られてくる手紙や資料もすべて保管していたし、自著のことが掲載された雑誌や新聞なども保管していた。それらは、三年くらいでやめてしまった。今は一切していない。

保管しておく必要がない、とわかったからだ。滅多にないことだが、もし必要になった場合には、手に入ることもわかった。これは、情報一般にいえることだと思う。かつては、手許に資料を置いておくことが必須だったが、今はネットでいつでも検索できる。ものを書くときに必要な資料は、僕の場合一つもない。だから、整理する必要もない。

分散型の仕事術？

僕は、デビューしたときからずっと、創作ノートというものを持ったことがない。小説のプロットは書かない。あらかじめストーリィを決めておくようなこともしない。テーマなんて考えないし、誰が登場するか、どんな結末になるかも、まったく白紙のまま執筆を始める。

事前に考えるのは、作品のタイトルである。これは半年ほどかけて考える。百くらいは候補を挙げて、その中から選ぶ。編集者Y氏が、キャッチコピィが苦手だと話していたが、それは単に、時間をかけたことがないというだけだと思う。手法としてあるとしたら、時間をかけて、思いつくまで延々と考えることである。

思いつくことが、創作の起点である。なにかを思いつくから書ける。書いている最中というのは、単なる労働。頭にあるイメージを書き写しているだけの作業で、非常に疲れる。だから、十分か十五分ほどでやめて、別の作業をすることにしている。別の作業とは、庭でスコップを使って土を掘ったり、近くの草原で模型飛行機を飛ばしたり、庭園内に敷かれた線路を鉄道に乗って巡ったり、犬たちと遊んだり、なにかを作ったり、といった複数のことだが、それらをぐるりと回ってきて、再び十分ほど文章を書く。こうして、一日に四、五回文章を書いている、というのが現在の僕の作家活動である。

小説以外のことをしているときに、小説のことは一切考えない。ストーリィをどうしようなんてまったく頭にない。それぞれの作業に没頭するだけだ。それくらい、僕は厭き性なのである。少しのめり込むと、自分でブレーキをかけて、次の作業へシフトする。

思いついたものを評価する

作品のタイトルを考える場合も、とにかく時間をかける。でも、ずっと何時間も考えるのではなく、十分くらいで切り上げて、別のことをする。ただ、ときどき思い出すから、そのつど一分ほど考える。良い思いつきは、別のことをしているときに突然表れる。本当に良いものはピンとくるから、「ああ、これだな」とわかる。

思いついたことを、メモはしない。メモしないと忘れてしまうようでは、インパクトがないわけで、そもそもアイデアとして失格だからだ。思いついたときは、それを過剰に評価する。時間が経つと、それほどでもないな、と冷静に見ることができる。だから、メモをわざとしないで、忘れるか忘れないかという篩《ふるい》にかけて、アイデアを吟味しているのである。

思いついたものを、「ああ、これだな」と評価することは、発想とはまた別の思考である。こちらは、経験やデータに基づいた計算だ。沢山のものを思いつき、それらを使ってきた経験から、しだいに洗練された評価ができるようになる。初心者には、この思考がないから、思いついても、良いか悪いかがわからない。したがって、思いついたものを経験者に見せにいく、というのが仕事の仕組みとしてある。幾つも、良いか悪いかを教えてもらううちに、自分でもだいたいわかってくるだろう。

求められる才能は散らかったもの

この良いものと駄目なものの判定は、「方法」がある程度確立できる。抽象的であるが、方法論が語れる。経験者はこれを教えてくれるだろう。だが、その判定ができるからといって、発想できるわけではない。思いつけるかどうかは、また別の才能だからだ。

このことは、編集者には、売れる小説がわかっていても、自分でそれを書くことができない、という事実にもつながる。創作には、最初の思いつきが、絶対的に必要なのである。

たとえば、小説だったら、作者がオリジナリティ溢れる作品を書けば、文章が酷いとか、表現が変だとか、そういった瑣末《さまつ》な部分は、すべて編集者が直せる。そういったサポートができる、経験も能力もある人が沢山いる。でも、めちゃくちゃでも良いから、最初に発想を書き上げる人が、求められているのである。

出版社が欲しい才能は、整っている必要はまったくない。むしろ、散らかったままの作品の方が良い。こぢんまりとまとまっているとか、売れそうな要素を上手に取り入れているとか、人気が出ている既成作品に似ているとか、そういったものが求められているのではない、ということである。

そうなると、戦略を立て、こうすれば売れるものが作れる、という手法では駄目だという結論になる。実はそうは言い切れない部分もあるけれど、おおむねこの傾向にあるといっても良いだろう。戦略や修正は、もう少しあとの話であり、装飾的な部分で活かせる。あくまでも、本質は最初の発想にある。

集中や効率は必ずしも必要ない

先日、『集中力はいらない』という本にも書いたことだが、集中力が求められる仕事は、機械のように正確に同じことを繰り返すような作業だったのである。そのような方面では、人間は機械に太刀打ちできない。そもそも人間がするような仕事ではなかったということだ。逆に、創作的な作業では、むしろきょろきょろと辺りを見回す「落ち着きのない」思考が大事で、発想はこういった状態から生まれやすい。

だから「片づける必要はない」という話になるし、そもそも創作的な仕事をしている達人の仕事場は、既にそうなっているはずである。散らかっている方が効率が良いことを、経験的に知っているから、自然にそうなっている。整理・整頓して効率を高めよう、などと考えることがない。そういう概念さえないかもしれない。

例として、庭園の話をしよう。枯山水《かれさんすい》の庭園をご存じだと思う。自然を表現しているものだが、非常に人工的で、シンプルに再現された傑作である。あれは極めて整っていて、秩序を感じさせる。手入れや維持は大変だろう。しかし、本質を追究した結果見えてくる世界観かもしれない。これは、整理・整頓され、精神を集中して得られるもののように感じられる。

一方、最近人気が出てきたイングリッシュガーデンは、一見雑然としている。雑草が生えているように見える。自然に近い状況を活かしている景観だ。もちろん、人によって好みがあるから、同じイングリッシュガーデンでも、まるで違うものが存在する。つまりは、少しずつ人が手を加え、修正を繰り返している自然といえるだろう。

イングリッシュガーデンは、「散らかっている」と見ることができる。少なくとも、枯山水よりは雑然としている。しかし、どちらが美しいか、となると、人によってそれぞれだ。枯山水の製作や維持には集中力が必要だが、イングリッシュガーデンでは、日々のちょっとした観察と、あれもこれもという目配りや、バランス感覚など、集中力ではない能力が要求されるだろう。

大事なことは方法論ではない

少し俯瞰すれば、文化の価値も多様化しているということだ。人の感覚は、それぞれで自由である。自分が思い描いたとおりのものを実現していくことが、すなわち自由であり、その人の人生の目的だ。他者と同じである必要は全然ない。

そんな多様化した時代に、昔ながらの整理術が役に立つだろうか？

もちろん、役立つ場合もあるけれど、それですべてが解決するわけではない。大雑把《おおざっぱ》にいうと、整理・整頓をして、気持ちが少し良くなる、という効果は認められる。小学生のときに掃除当番をさせられたことを、懐かしく思い出すノスタルジィは得られるかもしれない。それも、悪くはないけれど、現在のあなたの人生の本質を変えるほどのパワーはないだろう。

人は、どんな場所でも歩くことができる。走ることもできる。アスファルトの道路が走りやすいけれど、舗装されていない場所も歩ける。水の上は歩けないけれど、泳ぐことができる。どこへでも行くことができるのだ。
どうやって歩けば効率的か？
どんな環境が歩きやすいのか？
歩き方を改善すれば、もっと速く歩けるはずだ。
良い環境を整えれば、もっと楽しく歩くことができるだろう。
そう考えて、歩き方や歩く場所の改善に頭を巡らすのが「方法論」である。
しかし、そうではない。
大事なことは、あなたはどこへ向かって歩きたいのか、なのである。

300MM

整理が必要な環境とは

第8章

行方不明になる原因は？

ここまで、天の邪鬼の作者らしく、整理・整頓などするだけ無駄だ、という勢いで書いてきたので、本書を読まれた方の多くは、がっかりされたかもしれない。そのフォローを最後の第8章でしても、もう遅いだろうか。

僕自身、書斎も工作室も、主な活動場所は散らかり放題なので、本当に困っている、ということを書いておきたい。

誰かが片づけてくれたら、とても嬉しいが、何がどこにあるのかを即答してくれる人でないと、今よりも困った事態になるだろう。自分で片づけても、何がどこへ行ったかわからなくなるのだ。だから片づけない、というわけでもないけれど。

さっきまでここにあったものがない。いったい誰が持っていったのか。そういういらいらはしょっちゅうある。実際、「まったく、どうなっているんだ？」と一人呟《つぶや》いたりもする。

結局、最後には見つかる。そして、どうしてそんなところにあるのか、という答は、僕がそこに置いたからだ。これまでの人生で、超自然的な移動をした物体は一つもない。たまに、同じ家に住んでいる他者が、なにかの理由で移動させていた、ということもあったが、それは三百回に一回くらいの頻度でしかない。ほぼ全部、僕が悪い。僕が移動させたのに、それを覚えていなかっただけなのだ。

気がついたら行方知れず

こういった無意識の物体移動がどうして起こるのかというと、別のものに気を取られているからである。なにかの都合でちょっと移動させたり、上に重ねてしまって、結果として見なくなったりする。

とにかく、自分の周辺だけに限っても、行方不明になる物品が後を絶たないので、なんらかの方策をときどき考えるのである。

まず、何度も探すような使用頻度が高いものは、すぐ見つかる場所を決めて、できるだけそこから移動させない。使ったらそこへ直ちに戻しておく。たとえば、ペン、ハサミなどの文房具や爪切りなどの日用品がこれに当たる。ところが、消しゴムになると、もう駄目なのだ。滅多に使わないから、使いたいときに出てこない（僕の場合、消しゴムは二カ月に一度くらいの使用頻度である）。

パソコンのマウスのように、コードが付いていれば、なくならないはずだ。コードレスのマウスなんか、僕には絶対向かないだろう。デスクの上が散らかっているから、すぐに埋もれてしまう。

僕は、書斎で執筆をする以外にも、いろいろな作業をする。たとえば、模型飛行機を組み立てたり、鉄道模型（皆さんが想像するより十倍くらい大きい）の修理などもしている。工作室が（散らかって）手狭なときに、このような事態になる。

どこもかしこも散らかっている

デスクの周辺には、日頃から模型がもの凄く沢山置かれている。ざっと百くらいはあるだろう。書棚も、本の手前に模型が並んでいるので、本を取り出すためには、十台くらいの模型を、一時退避させる必要がある。

寝室もほぼ同じで、こちらは二千冊くらいの模型雑誌が床に積まれていて、それを毎日寝るまえに一冊ずつ読んでいる。古いものは百年ほどまえのものだ。同じ部屋で犬も寝ているので、人間と犬は、雑誌の置かれていない道を歩かなければならない。

ガレージも模型でいっぱいだ。もともと自動車が三台入る大きさで設計したのだが、結局一度も自動車を入れたことがない。すべて模型で埋め尽くされてしまった。地下倉庫も同じである。また、最近新しいガレージを建てて、そこに自動車を入れることにしたが、既に半分ほど機関車に占領されている。

庭園内には、ゲストハウスがあるが、この住宅も、少しずつ模型に占領されている。模型は増える一方で、サイズが大きくて重いものは、棚に入れられないから、床に置くしかない。できれば整理をしたいのだが、結局その時間がない。整理をするくらいなら、収納するスペースを作る方が手っ取り早いので、たびたび増設となる。

だからといって、これらを処分しようとは、まったく考えていない。売ればそこそこの金額にはなるはずだが、その行為が面倒だ。

歳を取ってきたこともあって、記憶の限界を超えている。何を持っていて、それはどこにあるのか、なかなか思い出せない。「たしかあったはずだ」「あれは、どこに置いたのか」と長時間探すことも頻繁である。

反断捨離の生活

いわゆる「断捨離」とは反対の生活といえる。ミニマムな生活がシンプルで良い、といわれているらしいが、僕の場合、収納するスペースを増やせば良いではないか、というもっとシンプルな方針である。誰にも迷惑はかけていない。全部自分で管理をしているし、スペースを増やす方法も自分で考え、そのために必要な資金も自分で稼ぎ出せば良いだけの話ではないか。

僕のガレージを見た人は、「奥様の理解があるからできることですね」とおっしゃるのだが、僕の奥様は特に理解はしていない。彼女はガレージを見たことがないから、何があるのか全然知らない。ただ、僕が稼いだ金額の半分を彼女が自由になるように使ってもらうだけである。僕が自由にしているのと同じだけ、彼女も彼女が望むことを自由にすれば良い。「理解」が必要というなら、それが「理解」というものではないだろうか。彼女に借金をしてやっていることではないのだから、許可を得る必要もないと思う。

また、僕ももう高齢だから、いつ死ぬかわからない。いつ死んでも良いように、僕の持ち物を処分するための金は残しておく。おそらく、「ただであげます」とアナウンスするだけで、大勢が取りにくるだろう。もしかしたら、僕のガラクタを売ってほしいと集まるかもしれない。少なくとも、始末をするために来てくれるはずである。

トータルで価値があるものを所有していれば、トータルで売れるのだから、生きているうちに断捨離する必要などない。何を焦って断捨離などしているのだろう？　持っているものが、価値のないものばかりだから、自分で始末しないといけない、と後ろめたいのだろうか。

収納しない生活

同じことを、「収納」に対しても、よく感じる。どうして、皆さん、そんなに収納したがるのだろう？　隠しておくほど嫌なものだったら、買わなければ良いではないか。僕は自分で金を出して買ったものは、全部飾っておきたい。だから全部見えるところに出しておく。

箱に入ったままにしておくこともない。買ったら、すぐに箱から出して、その箱は捨てる。箱があると、のちのち売るときに有利だそうだが、欲しいから買ったのだ。人に売る気はない。自分のために、ずっと目につく場所に置いておく。

飾っておけば、長い間に埃を被る。「どうするのですか？」とこれもよく質問を受ける。使うときには、綺麗にする。あるいは、じっくりと眺めたいときに掃除をする。埃を払うことが難しい精密なものは、アクリルなどのケースに入れる。だが、大半のものは埃を被ったままだ。埃を被ったからといって、実物に傷がついたわけではない。むしろ埃を除去する行為の方が、傷をつける危険があるだろう。

僕は自動車の洗車もしない。点検に出すと綺麗になって戻ってくる。それ以外は、ほとんど洗わない。先日、買ったばかりの高圧洗浄機の性能を試すために二回洗ったが、これまでの人生で洗車をしたのは、合計しても五回くらいだろう。自動車の内部に乗り込むのだから、内部は掃除をしている。外側は自動車の性能にも関係ないし、洗う意味があまりない、と考えている。

ようするに、僕は人の目を気にしていないのだと思う。というよりも、皆さんが周囲の目を気にしすぎていて、人から悪く見られないように収納をし、洗車をしているのではないだろうか。それが悪いといっているのではない。僕にはその気持ちがない、というだけである。

話が逸れたかもしれない。死ぬまえに整理し、処分をし、身綺麗になっておくことは、全然悪くないと思うけれど、それを生き甲斐のようにしている老人を見ると、どういう人生なのだろう、と不思議に感じる。これ以上書かないことにしましょう。

自己完結的な人が羨ましい

ものを整理するとかではなく、結局は、自分の生き方を整理することの方がずっと大事なのではないだろうか。生き方は、なにも死に際でなくて、若いときからでも良いから、整理・整頓をし、綺麗にしておくと、とても生きやすくなるだろう。無駄なことに迷うことなく、自由で楽しく生きられるのではないか、と想像する。

若いときは全然そこまで考えてもいなかったから、偉そうなことはいえないが、若いのに人生設計がしっかりとできている人を、たまに見かけて、その人たちは例外なく幸せだろう、と羨ましい。

人生の整理・整頓ができている人に共通するのは、自己評価が絶対的である点だ。自分の人生の計画も、またその評価も、すべて自分一人で行っている。誰かのためにしている行為を伴った場合でも、あくまでも自分で結果の評価をしている。

頼まれたわけでもない、褒められたいわけでもない、自分がやりたいからやっている。この自発性というか、自己完結的な部分が、人間としてとても魅力的に見える理由だが、これは僕だけの感覚だろうか。

自分のために生きている

人は、たしかに一人では生きられない。社会の一員として生きている。他者のお世話になり、迷惑もかけ合っている。力を合わせないとできないこともあるし、誰かの意志を引き継いだり、自分の意志を人に委《ゆだ》ねることもある。

だが、基本的に、自分は一人だ。

一人で生まれ、一人で死んでいく。

人生は、一度きりであり、その人生を自分で評価することが前提である。

他者の評価を得ることは、ちょっと微笑ましい、という程度のオプションだ。少し照れるくらいのこと、だと思う。

何故かというと、自分の行為を一番よく見ているのは自分だからである。最初からすべて見ていた。ずっと細かいことまで経緯を知っている。自分は、自分の脇にいつもついていてくれる神様みたいな存在である。どんなに親密な理解者でも、すべてを知っているわけではない。自分の気持ちまでは、誰にもわからない。

行いの結果だけを評価され、褒められたとしても、本当はこうなんだ、という部分が必ず残るだろう。他者に褒められるより、自分に褒められる方がどれだけ嬉しいか。最も的確な評価をしてくれるのは、いつも自分だから、なにごとも自分のために行う、というのが正しいと僕は考えている。

気持ちの整理・整頓とは?

言葉で説明しても、全部は伝わらない。わかってもらえることなど、ほんの少しだ。大部分は誤解される、と考えて良いだろう。文章を書くことが仕事の僕でさえ、そう理解している。

人には本当のところがわかってもらえない状況にあって、不安を感じる人は多いと思う。わかってもらえない。自分は誤解されている。どうすれば良いのか、と悩む。だが、それが普通である。言葉で話しても、理解者が大勢いても、結局はほんの僅かに割合が一時的に変わるだけのことで、基本的には、自分は自分。誰にもわかってもらえなくても、自分はわかっている。自分が知っている自分が、一番本物だし、その評価を自分ですれば、それで良い。

これがつまり、気持ちの整理・整頓というものだろう。

自分を見つめ直すこと。

人の目を気にしないことに限りなく近い、ともいえる。

自分の外側にある環境

ただ、物理的には、自分の周辺に幾らかの人たちが存在しているはずである。まったく一人で暮らしている人もいるかもしれないが、それでも近所には誰かいる。また、自分の生活圏もある程度の広さはあるわけで、その中に自分の所有物が沢山あるはずだ。それらも、自分にとっては、他者に近い。自分自身とは別のものだからだ。

人は、生きていくというだけで、他者とも場所とも物体とも関わりを持つ。これをひとまとめにして「環境」と呼ぶことにしよう。

この環境は、ある意味で自分という存在と一体化している。自分には内と外があるが、内とは、主に自分の頭の中だ。環境は、自分の外側に存在する。

自分の肉体を、内と見るか外と見るかは、人によって異なるだろう。僕は自分の躰は外だと認識している。なにしろ、医者に見せることができるし、他者の手当を受けることもできる。限りなく自分に近い存在だが、自分の思うとおりにはならない。肉体とはそういう存在である。だから、これは環境の一部だろう、と僕は考えている。

自分の外には、他者や場所や物体が沢山ある。これらが環境だ。他者と場所と物体は、まったく別物ではない。関連があるし、切り離せないものも多い。自分以外としても「環境」と捉える方が良い。

他者が最もコントロールしにくい

「環境」というと、自然とか地球をイメージしがちだが、そのイメージでも間違いではない。ただ、広い範囲の「環境」は、自分と距離があったり、時間的なスパンの大きさも異なっている。

どこまでが自分の環境か、という境界はなく、ただ考えるときに、どの範囲に絞るのか、という問題である。当然ながら、最も影響が大きいのは、自分のごく近くの環境であり、また時間的にも、すぐさきの未来が、今の行動に最も影響するだろう。

自分自身とともに、この「環境」を整理・整頓していくことは、生きるうえで非常に重要な作業といえる。その場合、大事なことは、自分の力で変えられるのはどこまでか、という見極めだろう。

地球環境を自分の力で変えてやろう、と思うのもけっこうなことだが、まず科学者になるか、政治家になるか、それを決めて、勉強を始めた方が良い。こういうときに、周囲の誰かを巻き込んで、みんなで運動を展開しよう、と考えると、この「みんな」という部分が自分の思いどおりにならない分、目標が少し遠くなる。

家族やパートナや子供であっても、他者であるから、自分の環境として考える必要がある。自分の思いどおりになると思ったら大間違いである。とにかく、人間が一番コントロールが難しい。

場所と物体のコントロールは簡単

場所や物体は、なんとでもなる。場所が気に入らなければ、自分が移動すれば良い。非常に簡単に、別の場所へ移ることが可能だ。ところが、けっこう土地に縛られている人が多い。これは、先祖代々の土地で守らないといけない、みたいな感じの仕来りらしいが、僕にはさっぱり理解できない。そういう伝統を重んじる場合は、別の方法を考えるしかないだろう。これから整理・整頓をしようとしているのに、自分の部屋に戦車が一台あるみたいなものだ。この比喩はわかりにくいかもしれない。

物体も、自分の所有物なら、なんとでもなる。自分のものでないときは、土地と同じくらい動かせない。だから、自分の位置を変えるしかないだろう。

自分が動ける、移動できる、ということが、いかに大きな自由かがわかるはずだ。昔は、生まれた土地を離れたり、好きな場所へ勝手に行くことが許されていなかったが、今は、個人の権利になった。ありがたい権利だと実感してもらいたい。

環境を整理・整頓する

さて、自分の自由にできるものがだいたいわかったら、どんな方法で環境を変えていくのかを考える。

時間がかかるものもある。お金がかかるものもある。具体的にどう変えたいのかが決まれば、時間や費用もだいたいわかってくる。方法もそれほど多くはない。そこから選択する。優先順位を決めて、大事なものに早めに取りかかる。

常に、その進捗《しんちょく》が順調かどうかを、自分自身で評価することも大事だ。思いどおりにいかない場合も少なくないから、方針や方法を修正する必要も出てくるだろう。

このように計画を立てて、時間をかけて実現するような環境の整理術もある。これは、ほとんど人生設計に等しいものといえるかもしれない。

何故なら、その環境が整ったあとは、自分の好きなことができる。まさに人生の目標に向かって、あとは進むだけだからだ。

そこで行動するのは自分一人なので、もう思いどおりになる。足を引っ張るものは存在しない。そういう障害を排除することが、環境の整理・整頓だったのだ。

もしかして、これが自分探し?

死ぬまでに環境の整理・整頓ができたら良い、ではちょっと遅すぎる。環境を整えたあとに何をするかが、人生ではないだろうか。

もちろん、環境を整えることがライフワークだ、という人生もいけないわけではない。それも楽しいかもしれない。ただそれでは、道具を磨いた人生と同じで、道具を使わずに終ってしまっても良いのかな、という疑問は残るだろう。あくまでも傍から見て、そう見えるというだけで、本人が気にしないのなら、なんの問題もない。

当然ながら、まっしぐらに進める道ではない。数々の障害が待ち受けている。途中で、目標を変更しなければならない事態にも当然なるだろう。そういうときは、またそこで考える。

誰かと約束したとか、契約したといったものではない。自分で決めた自分の予定であるから、適宜変更すれば良い。ときには妥協も必要だと思う。最初に思い描いていた目標は遠すぎる、せめて、あそこまでは行ってみよう、という妥協だが、それはそれで現実的であり、逆にやる気が出てくるのではないだろうか。

自分がその目的を実現する本人なのだから、自分の能力に合わせ、無理のない計画を立てることが大前提である。自分を買い被っていたら、下方修正する。自分を見損なっていたら、上方修正する。そうこうするうちに、自分というものがわかってくるだろう。これが、すなわち「自分探し」というものでは？

自由の楽しさを重ねよう

そして、最も重要なことは、この自分の環境整備のプロセスが面白いこと。楽しくて一人笑ってしまうくらいだろう。生きていくことの楽しさとは、こういうものだと理解できるはずである。

それがわかるまでは、せめて少し我慢をして、頑張ってみてはいかがだろうか。

なにか目の前のものを買わされて、それを消費することが人生の楽しみだ、と思い込んでいないだろうか？

誰か他者に自分の時間の大半を捧げて、それが自分の人生なのだ、と諦めていないだろうか？

人間は、本当に自由なのだ。

疑っている人は、一度試してみると良い。

明日、自分の好きなところへ出かけて、好きなものを食べてみると良い。

それを、誰かに逐一報告したりしない。

誰にも自慢したりしない。

ただ、自分でにっこりすれば、それで良い。

自由にできることが、どれくらい価値があることか、少しわかるだろう。

その一日の自由を毎日積み重ねるだけで、とんでもなく大きな自由と楽しさが、あなた自身のために実現するはずである。

あとがき

僕の母は、なんでもきちんと整理し収納する人だった。ものを捨てないのが大原則で、細かいものまで分類して引出しや箱にきちんと収納していた。僕が工作で欲しいと思ったものは、母にきけば、なんでも出してくれた。輪ゴムや発泡スチロール、空き箱などである。蒲鉾《かまぼこ》の板もすべて取っておき、もの凄い量が集められていた。僕の子供たちは、それで積み木遊びをしていた。

これら大量のものを、つぎつぎと収納するのだから、部屋はしだいに納戸と化す。そういう部屋が何部屋もあった。母の要望で庭にも小屋が建てられ、不要となったものが、きっちりと分類・収納されていた。

母が死んでから、どこに何があるのかを探す冒険が始まった。一年くらいの間に、へそくりを何十万円も発見した。こういう報酬があるから、探さざるをえなかった。まるで、そこまで想定して、報奨金をあちらこちらにちりばめておいたみたいだった。

この母の家は、取り壊すことになった。最後はすべてゴミになって処分をしてもらった。その工事に三百万円ほどかかったが、母はそういった金も、ちゃんと遺してくれた。

遺言などは一切なく、ただ「ありがとう」といって亡くなった。

父は、この母の家にしばらく一人で住んでいた。僕はそこへ毎日出かけていき、スーパで食料品や日用品を買って、彼に届けた。しかし、だんだん家の中で動くことが少なくなり、布団に入るのも大変そうだった。三年後に、父は自分から、老人ホームに入るといいだし、それを探すのにもつき合った。その施設に入って、二年ほどで父は亡くなった。

僕は、ほとんど介護というものを経験していない。両親とも息子になんの苦労もかけなかったことが、親として立派だったと思う。自分も、できればそうしたいところだが、これればかりは、どうなるかわからない。

整理魔の母と、几帳面な父の子供にしては、僕は散らかし魔だし、大雑把な人間である。しかし、細かい作業に対する憧れもあって、日々模型製作に励んでいる。これは、不得意だからこそ面白いのだろうな、と自分では分析しているところだ。

たぶん母も、整理・整頓が不得意だったのだろう。人間、自分が苦手なことを克服することに大きな喜びを感じるものだ。たとえば、僕は小学生のときは国語の時間が大嫌いで、当てられると教科書がすらすらと読めなかった。学科の中で国語が一番偏差値が低かった。そういう人間が今では作家になり、文章を書くことで金を稼いでいるのだ。べつに、国語力を克服しようと思って作家になったわけではないけれど。

整理・整頓というのは、ものが増えて、どうしようもない状態になってからすると、限りなく苦行に近いものとなる。だが、まだものが少なく、特に新しい場所で、新しい生活を始めたときには、整理・整頓がわりと楽しい。これから、どんなものが増えるのか、どんなスタイルで収納していこうか、と考えることは、自分の未来を夢見るような視線にもなるからだろう。

コレクションでも、これに似た傾向がある。最初の二つ三つを入手したところで、これを集めていこうと考える。それらを棚に収納して、並べたり飾ったりしたら楽しいのではないか、と想像する。なんだか、わくわくするものである。

人間の頭も、若いときはこれと同じだ。ちょっとした情報を得て、興味を持つ。もっとこの方面で知識を築きたい、それらが揃《そろ》ったら、自分はその専門家になれるかもしれない、そんな未来が遠望できる。憧れるものに、自分が近づいていけそうに感じることは、本当に嬉しく、また興奮もする。

その一方で、ある程度ものが溜まって、収拾がつかなくなってくるときには、もう明るい未来が消えかけている。この不要なものたちをどう処分すれば良いのか、と途方に暮れるばかりで、はっきりいって、関わりたくない。片づけるのは、スペースを空ける必要があるなど、切羽詰まった状況になったときだけになる。

父も母も、引越をしなかった。だからものがあんなに溜まったのだ。僕は、引越が大好きで、成人してから十回も引越をしている。平均すると五年も留まっていない。引越魔かもしれない。ただ、引越に備えて、ものを少なくするといった努力は、完全に放棄しているから、引越をするたびに、大量の物品を移動させることになる。

もの凄い量なのだ。最近の引越では、日本の普通の平均的な家庭の五軒分くらいの荷物になるだろう。日本人の引越は、そもそも運ぶものが多いのだが、僕はその中でも、とんでもない「物持ち」だといえる。そして、その大量の物品のうち七十パーセント以上が、僕の趣味の品々だ。もっと具体的にいうと、飛行機と機関車だといえる。この頃では、一度に移動できないから、半年ほど引越期間を設けているほどだ。

僕は、ギャンブルはしないし、旅行もしない。外食も滅多にしない。無駄遣いをしないし、高級品にも興味がない。自分の趣味のためだけにお金を使っている。しかも、自分が遊べる限界があるから、それほど散財できるわけではない。

どうして、こんなにものが増えたのか。それは僕の方針によっている。僕は、欲しいものがあったから、それを買うためにバイトをした。そのバイトが作家の仕事の始まりだった。買うのを我慢するよりは、バイトをした方が簡単で現実的だ、と判断したからだ。

また、ものが増えて収納できなくなるごとに、広い場所へ引越をしている。断捨離をするよりも引越の方が、簡単で現実的だったからだ。

欲しいものがあれば、仕事をして稼げば良い。広い場所が必要ならば、田舎へ引っ越せば良い。そういう単純な判断をしている。

ものは散らかっているが、生き方は散らかっていない。

このままいくと、ものを散らかしっ放しで死ぬことになるが、片づける暇がないのだからしかたがない。そう、すべては、しかたがないことなのである。

二〇一九年一月　　森　博嗣

A& B

4
DOWN

ブックデザイン＋DTP　三瓶可南子
写真　森 博嗣

森　博嗣（もり　ひろし）
工学博士。某国立大学の助教授として勤務する傍ら1996年に、『すべてがFになる』（講談社文庫）で第1回メフィスト賞を受賞しデビュー。同作は、まんが化、ドラマ化、アニメ化などされ、多くのクリエータに影響を与えた。以降、犀川助教授&西之園萌絵の「S&Mシリーズ」、瀬在丸紅子たちの「Vシリーズ」（共に講談社文庫）ほかのミステリィ、『女王の百年密室』（講談社文庫）、押井守監督によりアニメ映画化された『スカイ・クロラ』（中公文庫）などのSF作品を発表。『「やりがいのある仕事」という幻想』『夢の叶え方を知っていますか?』（共に朝日新書）、『孤独の価値』『作家の収支』（幻冬舎新書）、『なにものにもこだわらない』（PHP研究所）など、ビジネスパーソンの抱える疑問や興味に焦点を当てた単行本、新書も多数刊行している。

アンチ整理術《せいりじゅつ》

2019年11月10日　初版発行

著　者　森　博嗣
発行者　杉本淳一

発行所　株式会社日本実業出版社　東京都新宿区市谷本村町3－29 〒162-0845
大阪市北区西天満6－8－1 〒530-0047

編集部　☎03－3268－5651
営業部　☎03－3268－5161　振　替　00170－1－25349
https://www.njg.co.jp/

印刷／厚　徳　社　　製本／若林製本

この本の内容についてのお問合せは、書面かFAX（03－3268－0832）にてお願い致します。
落丁・乱丁本は、送料小社負担にて、お取り替え致します。

ISBN 978-4-534-05735-8　Printed in JAPAN